文學與美學的交會

戴麗珠教授論文集

戴麗珠　著

目錄

被忽略的古典美學傳統——清趣的美學觀 1
一、前言 1
二、淵源於先秦的「清趣」美學觀 2
三、六朝人的實踐 2
四、唐人的提出 2
五、宋人蔚成風尚 3
六、元、明、清人的傳承與轉變 3
七、結語 3

析論惲南田的沒骨花卉畫 5
一、前言 5
二、天工與清新 5
三、鄭板橋的畫風 12
四、結語 14
五、附錄 15

蘇軾詩文書畫一致的創作理論 17
一、前言 17
二、詩文書畫詞是寄託胸臆的表現 17

三、詩文書畫的創作態度必須清明、虛靜 19

　　四、詩文書畫的創作態度必須咀嚼、淘鍊胸中的物象 20

　　五、詩文書畫的創作態度必須有創新的表現 22

　　六、結語 24

漢樂府詩與曹植樂府詩的比較 25

　　一、漢樂府詩吟詠他人之作與敘事之作 26

　　二、曹植樂府詩 30

　　三、漢樂府詩和曹植樂府詩的比較 32

李漁叔教授傳記 37

　　一、少年時期——三十歲以前 37

　　二、軍旅生涯 39

　　三、卜居台北 46

李漁叔教授的詩學與學術貢獻 51

　　前言 51

　　一、詩學 52

　　二、懷念故鄉大陸——三臺詩傳 82

　　三、墨子的譯註與對墨經研究的學術貢獻 83

　　四、散文的創作 84

　　五、墨梅與褚字 85

　　六、結論 85

附錄　自然景觀與雕塑——以靜宜大學校園為例 87

附錄　淺談曲水流觴、文人雅集 103

附錄　如何學習古典文學 111

附錄　璀璨的台灣文化 119

被忽略的古典美學傳統
——清趣的美學觀

一、前言

　　在李杜題畫詩中，我們可以找到「清趣」美學的觀念[1]；引發我研究的興趣。在閱讀中，找出李杜以外，唐代也還有部分詩人提到[2]；到了宋代蔚成風尚。[3] 於是我從先秦文獻中也找出根源，確

---

[1] 唐代文人題畫詩輯，靜宜學報抽印本，頁5。又拙作《大學國文選》頁113，杜甫〈月夜〉詩：「清輝玉臂寒。」
[2] 拙作《大學國文選》頁105。五、唐詩19王維〈積雨輞川莊作〉詩：「松下清齋折露葵。」即用「清」字，點清淡素食之意，亦是「清趣」審美觀的發露，又17〈山居秋暝〉詩：「清泉石上流。」亦是；此外，初唐虞世南蟬詩：「垂緌飲清露。」及張九齡賦得自君之出矣詩：「夜夜減清輝。」皆可見唐代「清趣」審美觀表現在唐代文人詩句中。
[3] 蘇東坡承繼前人「清趣」的審美觀念，（又如：五代荊浩《山水錄》曰：「王右丞筆墨宛麗，氣韻高清……。」）而於《王維吳道子畫》一詩，提出：「今觀此壁畫，亦若其詩清且敦……。」的「清趣」審美觀。又如：《自普照遊二庵》：「居僧笑我戀清景。」《與客遊道場河山》：「清景墮空渺。」《遊寶雲寺》：「清詩不敢私囊橐。」《和晁同年九日見寄》：「吳中山水要清詩。」《次韻張琬》：「尚有清詩氣吐虹。」《次韻錢穆文》：「清詩已入新歌舞。」《昨見韓丞相》：「清詩洗江湍。」《送文與可出守陵州》：「清詩健筆何足數。」《送顏復兼寄王䢸》：「清詩草聖俱入妙。」《與舒教授張山人參寥師同遊》：「題詩誰似皎公清。」《僧惡勒初罷僧職》：「清風入齒牙。」《與殷晉安別》：「空吟清詩送。」又如：《湖上夜歸》：「清吟雜夢寐。」《金山寺與柳子玉飲》：「禪老語清軟。」皆是以「清」狀詩；亦有以「清」字狀繪畫的，如《又書王晉卿畫四首之一》：「當年不識此清真。」《書王定國所藏煙江疊嶂圖》王晉卿畫：

認這尚未被人提起的美學觀，其實是有其淵源流長的傳統。現在依序介紹於后。

二、淵源於先秦的「清趣」美學觀

論語孔子回答子張問第十九章，首先提出「清趣」的美學觀；[4] 先秦諸子百家中，還有莊子也提到「清趣」的美學觀。[5] 以上見出「清趣」美學觀的根源。

三、六朝人的實踐

六朝人的清談，即是六朝人體現「清趣」審美觀的具體表現；[6] 又如：竹林七賢的生活情操；在在都以生活態度表現「清趣」的審美觀。

四、唐人的提出

唐代詩人李白於《同族弟金城尉叔卿燭照山水壁畫歌》有詩句：「了然不覺清心魂。」提出詩畫的融通與「清趣」的審美觀；此外如前言所言，除開李杜之外，亦有初唐虞世南、張九齡，盛唐王維

「點綴毫末分清妍。」至於蘇東坡造成宋代文士好墨尚清之風，見拙作《蘇東坡詩畫合一之研究》頁 153～頁 158。
[4] 見《論語》八佾篇第 19 章，子張問曰：「雀子弒齊君……」子曰：「清矣。」
[5] 見《莊子說劍》第 30 篇莊子與趙文王巧論三劍，莊子道：「諸侯之劍……以清廉之士為鍔……。」
[6] 六朝人好清談，是眾所皆知的史實。

等詩人提出此一「清趣」的審美觀。[7]

五、宋人蔚成風尚

蘇東坡詩:「詩畫本一律,天工與清新。」[8] 引發宋人奠定「清趣」審美觀之鑑賞與創作之態度。在此之前,唐末司空圖亦提到「清趣」的審美觀。[9]「清趣」的審美觀在宋代蔚然成風。[10]

六、元、明、清人的傳承與轉變

元馬瑞臨《文獻通考》載:「維詩清逸。」[11] 元四大家除吳鎮、倪瓚,王蒙、黃公望皆重繁複之構圖與皴法;到了明代龔賢畫厚重繁複,不似沈周、文徵明、董其昌的文人畫畫風,徐渭的大寫意水墨情趣亦是「清趣」審美觀的一大突破。清代揚州八怪不再承繼「清趣」審美觀的清新傳統,筆法亦不守規矩。[12]

七、結語

到了民國,齊白石、吳昌碩以金石入畫,[13]「清趣」的審美觀

---

[7] 仝注 2。
[8] 拙作《蘇東坡詩畫合一之研究》頁 40。
[9] 見蘇東坡《和陶詩飲酒二十首之三》:「淵明獨清真。」
[10] 仝注 3。
[11] 仝注 8,頁 77。
[12] 見石濤、八大山人、揚州八怪之畫風。
[13] 見齊、吳二人畫蹟。

傳統被忘懷了;所以,今人尚未有人提出此一美學觀。筆者由於酷愛書畫,研究題畫詩而察覺出此一被忽略的審美態度與創作傳統美學觀,為文以記之。以教後學者承繼且發揚此一「清新」為重的鑑賞與創作態度;使畫壇再開清新典麗為重的畫風。

析論惲南田的沒骨花卉畫

一、前言

　　清初畫家惲壽平號南田與當時的山水畫畫家王原祈感情相當好，他是清代的花卉畫大家，也是常州派（即惲派）的創始者。他簡明巧麗的花卉畫風與王武、揚州八怪、新羅山人在當時，同享盛名。是影響三百年來畫工筆花卉的畫家[1]。在花卉畫的流變史上，惲南田的花卉畫具有相當的價值，他的花卉畫畫風就值得我們研究與了解。本文將以時間上（北宋蘇東坡所提的天工與清新）與空間上（當代鄭板橋水墨淋漓的寫意畫風）與之比較，以明晰惲南田的沒骨花卉畫，也是本文的重心所在。

二、天工與清新

　　北宋文豪蘇東坡，曾提出「詩畫本一律，天工與清新。」的見解，天工即自然工巧；清新即清澄新穎[2]。天工是就形式上的技巧而言，清新則是就神韻上的風格而言，這是形神兼備的詩畫觀。

　　說到形神兼備的理論，在中國魏晉六朝時，已經大體完備[3]。後

---

[1] 請參考故宮圖書館藏惲南田參考資料彙編。
[2] 拙著詩與畫頁 3。
[3] 拙著詩與畫頁 36。

來受到元代畫家重神輕形的寫意畫畫風的影響,到了明代董其昌提出文人畫以及南北宗的看法,中國繪畫終於傾向於寫意、自我個性的表達,到了明代徐渭更多畫墨花,形象簡化、筆墨狂致,形成大寫意花卉[4]。惲南田洞識這種事實,明白兩宋形神兼備的寫實畫風不可不繼承,於是創造了沒骨畫法。

底下我們就惲南田方花卉畫,舉出六幅來欣賞。

第一幅惲壽平牡丹圖[5],牡丹在中國是富貴的象徵,李白清平調云:「雲想衣裳花想容,春風拂檻露華濃。」此圖惲南田以沒骨畫法畫牡丹清新淡雅、自然工巧。紅花綠葉紛披,隨著輕軟的春風搖曳蕩漾,更顯出它的雍容華貴,此圖牡丹葉只用花青染出,更顯得淡雅別緻,襯托出牡丹花清新典麗,自然高雅。惲南田的花卉畫,具有天然工巧,清高新穎的畫風,從本圖很技巧地表現出來。

第一幅　惲壽平牡丹圖

---

[4] 拙著詩與畫頁 95 注 7。
[5] 清初正統畫派頁 114 圖 140。

第二幅惲壽平荷花圖[6]，此圖寥落數筆葦葉，兩桿殘荷，半朵凋荷，殘荷葉一以水墨，一以花青，濃淡相呼應，半朵凋荷斜倚葉下，整幅畫給人一種清新、靈秀不羈的氛圍；在沒骨畫法中，流露出一點寫意。惲南田曾在論筆墨中說：「有筆有墨謂之畫，有韻有趣謂之筆墨。」此圖就是有筆有墨、有韻有趣的一幅花卉畫。對於韻與趣，惲南田曾經說：「瀟灑風流謂之韻，盡變窮奇謂之趣。」惲南田花卉畫的韻與趣在此圖中充分地表現出來，筆墨技巧的天工與風韻情趣的清新是惲南田花卉畫的特色。

第二幅　惲壽平荷花圖

---

[6] 仝上頁 115 圖 141。

第三幅惲壽平重瓣桃花[7]，唐詩人崔護曾有詠桃花的名句：「人面桃花相映紅。」用美人比擬桃花，用桃花象徵美人。此圖畫重瓣桃花繽紛燦爛，分為兩枝，一枝搖曳直上，一枝傾斜；一枝用桃紅渲染；並同以深色朱標點花蒂，枝葉輕靈，濃淡相輝映，將桃花的美感，毫無隱藏地表露出來。沒骨花卉的典麗自然，清新風韻，一表無遺，真是獨得春風溫柔之韻。惲南田花卉畫的美感，也由此圖具體顯現。

第三幅　惲壽平重瓣桃花

---

[7] 清初正統畫派頁 116-117 圖 143。

第四幅惲壽平牡丹圖[8]，此圖與第一幅牡丹圖不同，更為富麗堂皇。這是畫三色牡丹，紅色牡丹色如雞血，粉如蝴蝶，紫色則是盈盈欲滴。綠葉扶疏，款款相伴，襯托得花色更嬌媚動人。整幅畫疏密、鬆緊，搭配得極為完美，色澤典雅、姿態柔美。鮮紅、粉白、紫紅的三朵牡丹，在綠葉的襯托下，更顯得嬌美清新。牡丹花的繁華富貴，真如唐人詩所謂：「牡丹一朵值千金，將謂從來色最深。」惲壽平將人人喜愛的牡丹花，用沒骨染出，使整幅畫深刻動人，一片繁華富貴也清新工巧。

第四幅　惲壽平牡丹圖

---

[8] 仝上頁 119 圖 145。

10 | 文學與美學的交會

　　第五幅惲壽平玉蘭圖[9]，此圖表現惲南田花卉畫的姿媚穠麗。一枝玉蘭，花大小如實，斜斜直上，先畫一朵盛開斑爛的玉蘭花，其次：在枝頭上畫兩朵並倚的玉蘭，一朵含苞待放，一朵半開。其下斜倚一枝花葉扶疏的紅花，鮮紅的紅花與雪白的玉蘭，相映成趣。典麗精工之中顯現一種雅淡自然的情趣。惲南田花卉畫的天工和清新，由此圖自然地顯現出來。

第五幅　惲壽平玉蘭圖

---

[9] 仝上頁 122-123 圖 147。

析論惲南田的沒骨花卉畫 | 11

第六幅惲壽平榴實圖[10]，明代的畫家徐渭也曾畫一幅水墨淋漓的名畫榴實圖，並且題了一首詩：「山深熟石榴，向日笑開口，深山少人收，顆顆明珠走。」表現他生不逢時的感慨。不同於徐渭的，惲南田並沒有徐渭的惆悵憤慨，他只是因為在友人席上看到石榴寶光絢爛可愛，故用花青染葉，橙紅籐黃寫兩棵石榴，精工可愛。其實石榴在中國，自古以來就是「多子多孫」的吉祥象徵，是畫家喜愛的題材。惲南田此圖清柔、清新、可愛。

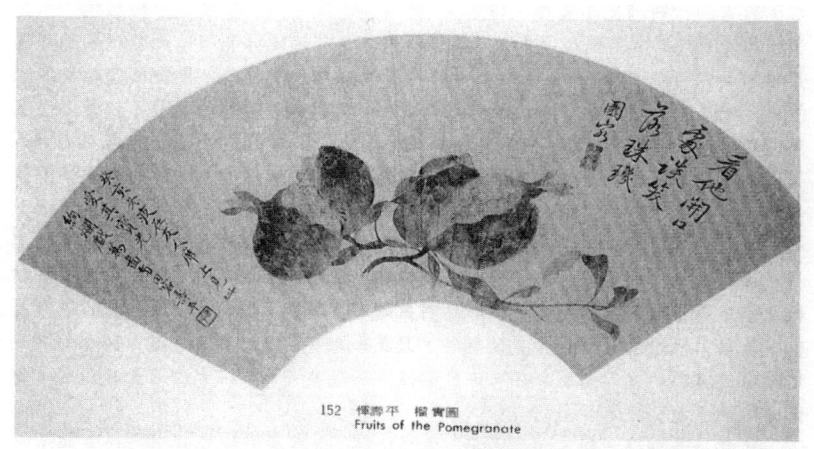

第六幅 惲壽平榴實圖

以上六幅可以看出惲南田的花卉畫，在寫實的基礎上表現形神兼備、天工清新的美感。

---

[10] 仝上頁 131 圖 152。

三、鄭板橋的畫風

　　清揚州八怪之一的鄭板橋以畫蘭、竹、石享譽中國畫壇，我們先欣賞他的幾幅畫，再來解析他的畫風。我們首先看他的一幅墨竹圖[11]，這幅墨竹挺、秀、俊、拔、疏、瘦，表現鄭燮以書入畫的獨特風格，竹枝、竹葉濃淡相映、疏密有致，右上角題詩一首：「竹葉陰濃盛夏時，畫工聊寫兩三枝，無端七月新篁送，不怕秋風發跡遲。詩寫得好，字更與畫相映成趣，這是鄭板橋畫風的典型。我們再來看他的一幅蘭竹石圖[12]，一段山坡，陡峭岩石，上生叢蘭數叢，穿插竹葉幾片，蘭花、蘭草分出濃淡，竹石也濃淡相間，開闊的畫輻中，展現一股磊落的氣魄，右下角書兩行詩，更添畫趣。詩曰：「轉過青山又一山，幽蘭藏躲路迴環，眾香國裡誰得到，容我書獃屋半間。」接著我們來欣賞兩幅標題相似而表現主題各異其趣的兩幅竹石圖軸[13]，頁 14 右上角的竹石圖軸為 1754 年鄭板橋畫的紙本水墨畫。現藏於上海博物館，此圖以石為主，以竹為輔。瘦峭的竹枝、竹葉與左上角的題詩，更相輝映，使得峭石更見挺拔，表現出淋漓、挺拔、孤傲不屈的性格。頁 14 左面的竹石圖軸，以竹為主，竹分為濃淡數竿，峭石與左上角的題畫詩用色如淡竹，使濃竹更顯突出，有畫龍點睛之妙。鄭板橋畫竹，多尚簡單，枝葉雖少而神氣自足，此圖的數桿瘦竹疏朗挺秀，有一種臨風欲動之感。兩幅竹石圖軸都表現出清瘦峭枝的風格。欣賞了上面幾幅畫，我們就可以了解鄭板

---

[11] 中國巨匠美術週刊 029 鄭板橋頁 5。
[12] 仝上頁 9。
[13] 仝上頁 10，左右兩幅。

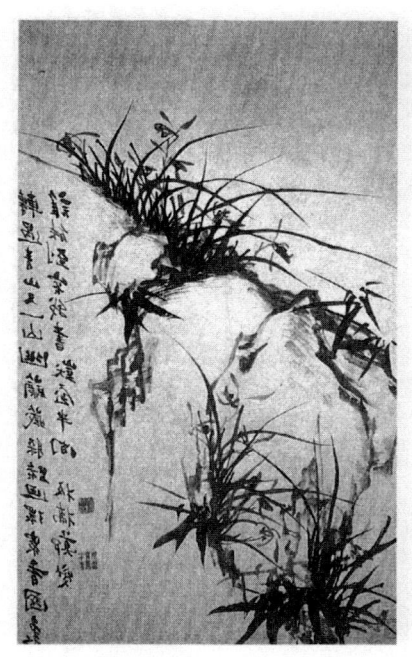 

第七幅　鄭板橋墨竹畫　　　　第八幅　鄭板橋蘭竹石圖

橋的畫，向以題款來平衡畫面，並以題畫詩文來點明主題，表現詩、書、畫合為一體的統一美感，是繼明代徐渭水墨花卉畫的延伸，只是一以花卉，一以蘭、竹、石來表現。這種水墨淋漓的文人畫風，在求自我個性的表現與石濤、八大山人是接近的，與惲南田的沒骨花卉畫卻是迥異的。

我們把兩種迥然不同的畫風，拿來比較，是在說明繪畫到了清代有繼承元代以來的文人水墨畫，也有突破時代潮流，意欲上承兩宋，表現天工與清新的寫實畫風。

14 | 文學與美學的交會

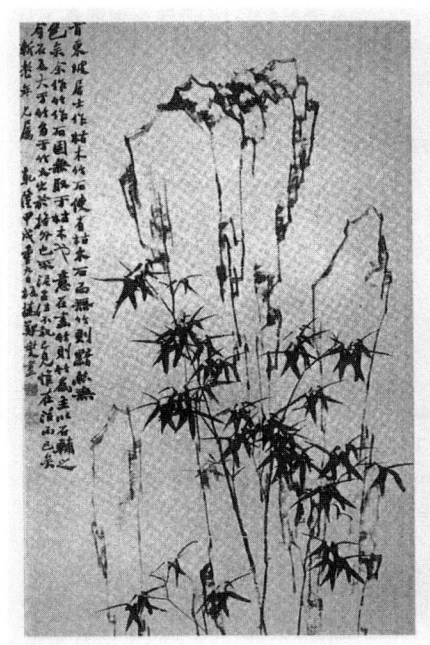

　第九幅　鄭板橋竹石圖軸　　　　第十幅　鄭板橋竹石圖軸

四、結語

　　然而，惲南田的花卉畫在承上啟下的作用上還具有另外一種價值，那是他的畫不只與大寫意的文人水墨畫不同，也與清代當時刻畫板重、庸俗華麗的寫實畫風不同[14]。他的畫是融合了水墨畫的自由、豪放與寫實畫風的典麗精工為一，表現出他特有的清新、明麗、自然。這也是我們要提出他的畫體現了蘇東坡畫論，詩畫本一律，

---
[14] 仝注 1。

天工與清新的精神所在；亦即他的畫再次表達出形神兼備的清雅典麗精工的完美風格。這也是本文所意欲表明的。我們由以上的析論，可以看出，惲南田的沒骨花卉畫，充滿著前人所沒有的婉約之美，與文人畫中的大寫意是完全不同的，這也是他影響當時與後代最重要的地方。形神兼備，表現天工與清新的惲南田花卉畫，為中國畫即中國傳統水墨文人畫，開出一個新的表現領域，值得後人借鏡，也是本文所意欲明晰的。

五、附錄

底下我們要談一談有關惲南田花卉畫研究的現存國內的資料，以為本文的佐證。現存最早的資料是民國18年陳寅恪指導的學士論文程曦著的簡論惲南田[15]，有關藝術方面，他提出重情感、尚簡潔、主自然的特色。另外有王家誠寫的沒骨花卉畫家惲壽平[16]，他提出簡潔精緻、色彩明麗、神態自然，正是惲壽平花卉作品的特色。其次是鄭齋談惲壽平的花卉畫[17]，引王翬說：「擬議神明，真能得造化之意。畫花陰陽向背，曲盡其態。超乎法外，合于自然，為寫生之極致。」實是很公允的評價。此外，還有張臨生中國文化大學碩士論文清季畫家惲壽平[18]、容天圻清初花卉說南田[19]，皆不出以上所論，我們就不再引文。

---

[15] 現藏於故宮博物館，分上下兩冊。
[16] 仝注1。
[17] 仝注1。
[18] 現藏於故宮博物館。
[19] 仝注1。

蘇軾詩文書畫一致的創作理論

一、前言

　　蘇東坡是北宋一代大文豪，他在詩文書畫詞的創作是無人可及的，而最耐人尋味的是他在各體創作中，表現出一致的創作態度與理論，其中由於詞是純抒情的文體，議論較少，但是，我們也可以由少數幾篇詞作，看出蘇軾的人格與感情，所以本文附帶一筆，而全文的重心放在詩文書畫的創作理論上。

二、詩文書畫詞是寄託胸臆的表現

　　蘇東坡在〈次前韻送劉景文〉一詩中有：「豈知入骨愛詩酒⋯⋯一篇向人寫肝肺。」這裡說明蘇軾酷愛喝酒吟詩，而作詩是抒寫自我感情的吐露。這種以詩遣懷的創作態度，在蘇東坡〈和陸詩〉中也有直接表現出來，他說：「作詩聊遣意。」這裡指的就是內心的感情；其次，他在〈再送張中〉詩中有：「胸中有佳處，海瘴不能腓⋯⋯悠悠含山日，炯炯留清輝⋯⋯夢中無與別，作詩記忘遺。」也是以詩遣懷的注解；此外，他在〈次韻答王定國詩〉有：「每得君詩如得書，宣心寫妙畫不如。眼前百種無不有，知君一以詩驅除⋯⋯。」這首詩把詩文的地位，抬得很高，認為要表達內心的感情或是要描

寫客觀的物象（宣心寫妙）沒有比詩畫（文）更恰當不過的，最後更抬高詩的地位，寫王定國不論是要表達各種各樣的物象都是以詩遣懷。

　　這個見解在散文的創作上也是一樣的，他說為文在抒寫肺腑，把自己的感情傾洩無遺。見〈與王庠書〉：「能道意所欲言。」就是說文章能表達內心的感情，所想表達的。此外，他在〈密州通判廳題名記〉中說：「余性不慎語言，與人無親疏，輒輸寫腑臟，有所不盡，如茹物不下，必吐出乃已。」很明白的說出為文是在表達感情，抒寫性情。他在鄧椿《畫繼》卷四留下「能文而不求舉，善畫而不求售。文以達吾心，更以適吾意而已。」的文字，更明確地表明文與畫皆是為了表達內心的感情，來求得心靈上的滿足。這種達心適意的觀點，與蘇東坡的詩論是一致的。

　　接著我們看他的畫論，在〈次韻子由書王晉卿畫山水〉說：「山人昔與雲俱出，俗駕今隨水不回。賴我胸中有佳處，一樽時對畫圖開。」表現繪畫是直抒胸臆的畫風，要把胸中的妙處，以圖畫的方式抒寫出來。這種胸有成竹的繪畫態度，也在〈篔簹谷偃竹記〉：「畫竹必先得成竹於胸中，執筆熟視，乃見其所欲畫者。」畫竹必須胸有成竹，說明外在的物象必須先在畫家的胸中醞釀成形，然後再以畫筆表現出畫家的情懷與思致。他在郭祥正家醉畫竹石說：「枯腸得酒芒角出，肝肺槎牙生竹石。」更直接了當地說出繪畫是內在肝肺所生，繪畫是畫家內在胸臆的表現。

　　那麼蘇東坡所要表達的胸臆、性情是什麼？我們以蘇軾〈定風波〉一詞來為本段作結。「莫聽穿林打葉聲，何妨吟嘯且徐行。竹杖

芒鞋輕勝馬,誰怕?一蓑煙雨任平生料峭春風吹酒醒,微冷,山頭斜照卻相迎。回首向來蕭瑟處,歸去,也無風雨也無晴。」這首詞對很多人來說,都耳熟能詳,因為詞中顯現蘇軾豁達不羈的率真性格。他在這首詞的序也說出他不畏風雨的開闊胸襟,序說:「三月七日沙湖道中遇雨。雨具先去,同行皆狼狽,余獨不覺。已而遂晴。故作此。」詞本來就是抒寫性情的作品,由此詞此序明晰地表現出來。

三、詩文書畫的創作態度必須清明、虛靜

　　蘇東坡在〈送參寥師〉一詩中說:「新詩如玉雪,出語便新警。……欲令詩語妙,無厭空且靜。靜故了群動,空故納萬境。閱世走人間,觀身臥雲嶺。鹹酸雜眾好,中有至味永。詩法不相妨,此語更當請。」這詩說想要作詩作得好,必須保持心靈空闊和寧靜,能夠保持寧靜的心態,才能了解外在的動態;能夠保持心靈的空闊,才能涵納外在的千萬種境況,能如此,詩人的風襟應當保持清明、虛靜,才能涵納萬物,也才能做好詩。而在〈遊惠山〉詩中也表明了同樣見解,詩說「虛名中有色,清淨自生香。還從世俗去,永與世俗忘」唯有通達空明之胸懷,才能接納所有事態,也唯有清淨的胸懷,才能從中產生好詩。

　　近人在「文章如精金美玉──蘇軾注重散文的審美價值」一文中,亦引用〈送參寥師〉一詩,而提出「指出如果要想創造出絕妙佳作,就應在構思時排除一切干擾,使自己的內心保持在虛空寂靜

的境地,這樣就能『了群動』和『納萬境』。所謂『了群動』是指處在寂靜的境界中就可了解各種事物的動態,所謂『納萬境』是說體性虛空就可容納各種景象進來。」同時說明散文的創作態度亦在保持內心的清明、虛靜。

在畫論上,蘇東坡也提出相同的見解。他說:「精工的畫技,倘若缺乏雄放與曠達,也不容易將胸中墨,自然吐露。」因此,信手忘筆,嗒然忘身、人與竹化的氣度,是畫家必具的。此外,他在〈贈寫御容妙善師〉一詩中說:「……夢中神授心有得,覺來信手筆已忘……。〉又在〈書晁補之所藏與可畫竹〉詩中說:「與可畫竹時,見竹不見人。豈獨不見人,嗒然遺其身。其身與竹畫,無窮出清新。莊周世無有,誰知此凝神。」這種信手忘筆、嗒然忘身、人與竹化的氣度,就說的是清明、虛靜的創作態度。

四、詩文書畫的創作態度必須咀嚼、淘鍊胸中的物象

我們看〈安州老人食蜜歌〉:「……蜜中有詩人不知,千花百草爭含姿。老人咀嚼時一吐,還引世間癡小兒。小兒得詩如得蜜。……。」以蜜蜂採蜜、釀蜜,比喻詩人採擷詩意、詩語以創作詩。蜜蜂採集千花百草菁華,經自身咀嚼釀化成蜜;就像蘇東坡採擷古今人物之學理、學說與事態真義,經自我咀嚼淘鍊,吐出心中語,指引人世間癡心年輕詩家。咀嚼在求融會吸收,所以需要空明虛淨之心胸來生活體驗,包容萬事萬物。淘鍊在求去蕪存精,這就需要學力、識

見、與任真率性的清真資質。

此外，蘇軾在〈崔文學甲攜文見過〉一詩說：「清詩要淘鍊，乃得鉛中銀。」表明詩欲清，必須經過淘鍊的工夫。

咀嚼和淘鍊在散文中，就是作者構思中的思維活動，而這種思維活動，是指創作過程中統率各種材料和各種審美意象的思想。而這些材料和意象，必須通過作者的心靈思維，也就是理性的心理活動才能獲得，而這理性的心理活動，就是詩論中的咀嚼與淘鍊。

散文構思的思維活動，往往和作者深入的生活積累，長期的醞釀思索是分不開的，這種長期的醞釀思索，就是詩論中的咀嚼和淘鍊。有時必須經過很久的構思，文思才能表現出來，這在他的一篇文章〈日喻〉中，表明出來。他說：「南方多沒人，日與水居也。七歲而能涉，十歲而能浮，十五歲而能沒矣。夫沒者，豈苟然哉？必將有得于水之道者。」這說明想學好潛水，必須日積月累的學習，也就是淘鍊、咀嚼的工夫。

咀嚼和淘鍊的工夫，在畫論中，就是指要深入觀察表現對象。也就是說要注重寫實，比方他在〈韓幹十四馬〉中說：「韓生畫馬真是馬，蘇子作詩如見畫。世無伯樂亦無韓，此詩此畫誰當看。」就是說明韓幹據實寫生的作畫態度，值得肯定。

我們看另一首〈次韻子由書李伯時所藏韓幹馬〉更貼切地說出據實寫生、深入觀察表現物象的重要性。詩曰：「君不見韓生自言無所學，廄馬萬匹皆吾師。」韓幹據實寫生的創作態度，也就是詩論中咀嚼、淘鍊的工夫。唯有深入地觀察物象，經創作者細細咀嚼、不斷淘鍊而方能創作出美好的作品。而這和胸有成竹、成竹在胸，

有異曲同工之妙。

　　畫家畫畫必須經過咀嚼淘鍊的工夫，蘇軾在〈書蒲永升畫后〉一文中有重要的敘述，他說：「始，知微欲于大慈寺壽寧院壁作湖灘水石四堵，營度經歲，終不肯下筆。」這營度經歲，終不肯下筆；就指的是咀嚼、淘鍊的工夫。

五、詩文書畫的創作態度必須有創新的表現

　　蘇軾由唐人的創作態度上體會出創作必須有自己的面目，亦即創新的表現。他在〈書吳道子畫後〉一文說：「知者創物，能者述焉，非一人而成也。君子之於學，百工之於技，自三代歷漢至唐而備矣。故詩至於杜子美，文至於韓愈，書至於顏魯公，畫至於吳道子，而古今之變，天下之能事畢矣……。」這是說學技工夫到了唐代完全成熟兼備，詩到了杜甫一切的格律、平仄所能變化的體式，杜甫都完全表現出來了。散文的表現技巧與內容豐富到了韓愈完全統一，書法到了顏真卿運用古人的筆法，寫出自己的面貌，繪畫到了吳道子也表現出無懈可擊的風格；而這四人都是承上啟下、融古創新的人物。這一點，我們由他的另一篇文章〈書黃子思詩集後〉更可明瞭。文曰：「予嘗論書，以謂鍾王之跡蕭散簡遠，妙在筆墨之外。至唐顏柳始集古今筆法而盡發之，極書之變，天下翕然以為宗師，而鍾王之法益微。至於詩亦然，蘇李之天成，曹劉之自得，陶謝之超然，蓋亦至矣；而李太白、杜子美以英瑋絕世之姿凌跨百代，古今詩人盡廢。然魏晉以來高風絕塵亦少衰矣……。」顏柳改變傳統

的書體而自創書法的面貌,李杜以個人的才華盡現詩風,使得古來高風絕塵的詩風完全改變;這些都是時代的潮流使然,而完備成熟的學技工夫至唐成熟以後,到了宋代,當然,各體創作家只有表現自己時代的風格,融合創作者的才情,各自創作出新的面目了。因此,蘇軾就以「新詩」來表明他所創作的詩,是一種嶄新的表現。我們舉二首詩句為證,他的〈次韻參寥師〉:「新詩咳唾成。」又〈孔毅文以詩戒飲酒〉:「且將墨竹換新詩。」

對於散文,蘇軾也是力主創新的。他反對作文因襲模仿,他在〈與王庠書〉中批評:「今程試文字,千人一律。」另一方面,他竭力主張作文要有自家面目,這在〈與鮮于子駿〉一文中,他提到「自是一家」,也就是說創作要有自我個性,顯現自己一家的風貌,而獨具特色。他這種新意疊出、不拘成規的理論,完全表現在他的創作上。李贄《焚書》中言:「蘇長公片言隻字與金玉同聲,雖千古未見其比。則以其胸中絕無俗氣,下筆不作尋常語,不步人腳故耳。」李贄很明白的告訴我們,蘇軾的散文美如金玉,富有創新的精神與風貌。此外,焦竑〈刻蘇長公集序〉也說:「橫口所發,皆為文章,肆筆而書,無非道妙。神奇出之淺易,纖穠寓於澹泊,讀者人人以為己之所欲言而人人之所不能言也。」說明蘇軾的散文發人之所未發,但卻淺易澹泊,自出一格,別是一家,具有創新的面目。蘇軾的作品不只詩、散文具有創新的精神而且詞、書、畫也是自出新意,書畫的理論我們下段再討論而蘇軾詞是豪放派之祖,與南宋的辛棄疾號稱蘇辛,自開面目,這是眾所皆知的,這裡我們就不多費口舌。

在繪畫上,蘇軾也強調作品要有「新意」。也就是獨具自己面目

的新風格，如〈又跋漢傑畫山〉：「……近歲惟范寬稍存古法，然微有俗氣，漢傑此山不古不今，稍出新意……。」說出漢傑的畫不古不今，具有獨創的新意。又〈書蒲永昇畫後〉：說「處士孫位始出新意。」在這裡新意也就是獨創的新方法、新面目。而且他對自己的書法也說過：「吾書雖不甚佳，然自出新意，不踐古人，是一快也。」說明能寫出自我面目的嶄新面貌，是很快樂的一件事，由此，我們明瞭課文書畫的創作態度必須具有創新的表現。這個思想在〈書吳道子畫後〉他提出了兩句名言：「出新意於法度之中，寄妙理於豪放之外。」那麼這種創新不是沒有法度的胡亂塗鴉而是追求法理之外的獨創新意，這是我們應該瞭解的。

六、結語

蘇東坡是一代名家，他的創作，無論是作品或理論都引起海內外學者廣大的注意，只是對於他各體創作一致的理論，還沒有人提起，這是本文的創作動機，以引起學者們的思考方向的注意。他的作品就是他創作理念的表現，二者統一的極為密切，這是不容置疑的。（本文取材自拙著《詩與畫之研究》）

漢樂府詩與曹植樂府詩的比較

提要

　　近人胡大雷提出漢代樂府民歌的兩大特點在「多吟詠他人與重在敘事」，這個觀點引發作者寫作本文的動機。首先提出十首漢樂府吟詠他人之作與敘事之作為論見之依據，再提出曹植三篇名作與上文十首漢樂府加以比較析論。

　　原來比起漢樂府的敘事精神，曹植的白馬論，透露出詩人借詩抒懷的自我心志的表露。表現詩歌的象徵性、含蓄美。代表詩歌文化的再進步，也擴展了樂府詩的表現領域。

　　又曹植的另一首名篇名都篇，全詩在諷刺都市貴冑子弟的浮華生活。其實寫貴遊子弟是在寫曹植自我，在傳統的漢樂府中，寄託作者自我的雄心壯志，陳祚明言：「萬端感慨見於言外」，是的當之論。

　　此外，曹植的另一首名篇美女篇，更將曹植這一種借樂府以抒懷的自我表現態度，表現得更淋漓盡致。美女篇寫美女盛年不遇，獨處閨房；比喻志士不被人理解，無法伸展抱負。

　　因而，我們可以說曹植的樂府詩脫胎於漢樂府，而更進一步地表現出自我感情、自我心志、自我個性的表露。這是文人樂府詩，在樂府詩的時代展延中所表現出來的貢獻，為唐代新樂府開出自我

鋪述的新路程。以上是本文的論述,敬請名家大方指正。

漢代樂府詩是屬於民間歌謠,它的特點是多方面的,根據近人胡大雷的說法,他以為「多吟詠他人與重在敘事」是漢代樂府民歌的兩大特點,且對後代的影響也最為持久[1]。這個看法個人十分贊同,因此,引發本文的創作動機。

一、漢樂府詩吟詠他人之作與敘事之作

1.思悲翁

> 思悲翁,唐思,奪我美人侵以遇。悲翁也,但我思。蓬首狗,逐狡兔,食交君。梟子五,梟母六,拉沓高飛莫安宿。

這一首以第一人稱的手法描寫作者懷思悲翁鳥的情感。[2]

2.君馬黃

> 君馬黃、臣馬蒼。二馬同逐臣馬良。易之有騅蔡有赭,美人歸以南,駕車馳馬,美人傷我心,佳人歸以北,駕車馳馬,佳人安終極。

這一首以第二人稱的手法,敘述作者思念美人的情懷。[3]

---

[1] 請參考建安詩人對樂府民歌的改制與曹植的貢獻。見於文學遺產 1990 年 3 月。
[2] 見樂府詩集卷第 18 頁 226,里仁出版社印行。
[3] 同前註頁 229。

3.有所思

有所思,乃在大海南。何用問遺君。雙珠玳瑁簪,用玉貂繚之,聞君有他心,拉雜摧燒之。摧燒之,當風揚其灰,從今以往,勿復相思。相思與君絕。雞鳴狗吠,兄嫂當知之,秋風肅肅晨風颸,東方須臾高知之。

這一首以第一人稱的手法,描寫失戀女子複雜的情懷。[4]

4.上邪

上邪,我欲與君相知,長命無絕衰。山無陵,江水為竭,冬雷震震,夏雨雪,天地合,乃敢與君絕。

這一首以第一人稱的手法,描寫女子對情人忠貞不二的誓辭。[5]

5.陌上桑三解

日出東南隅,照我秦氏樓。秦氏有好女,自名為羅敷,羅敷善蠶桑,採桑城南隅。青絲為籠係,桂枝為籠鉤。頭上倭墮髻,耳中明月珠,緗綺為下裙,紫綺為上襦。行者見羅敷,下擔捋髭鬚,少年見羅敷,脫帽著帩頭。耕者忘其犁,鋤者忘其鋤,來歸相怨怒,但坐觀羅敷。一解

使君從南來,五馬立踟躕,使君遣吏往,「問是誰家姝」。

---

[4] 同前註頁 230。
[5] 同前註頁 231。

「秦氏有好女,自名為羅敷」。「羅敷年幾何?」「二十尚不足,十五頗有餘」,使君謝羅敷:「寧可共載不?」羅敷前置辭:「使君一何愚!使君自有婦,羅敷自有夫。」二解

　　「東方千餘騎,夫婿居上頭。何用識夫婿,白馬從驪駒。青絲繫馬尾,黃金絡馬頭,腰中鹿盧劍,可直千萬餘。十五府小吏,二十朝大夫,三十侍中郎,四十專城居。為人潔白晳,鬑鬑頗有鬚,盈盈公府步,冉冉府中趨,坐中數千人,皆言夫婿殊」。三解

這一首以敘事的手法,描寫秦羅敷美艷動人,連太守也想追求他,但因為羅敷有夫而予以拒絕。[6]

6.長歌行

　　青青園中葵,朝露待日晞。陽春布德澤,萬物生光輝。常恐秋節至,焜黃華葉衰,百川東到海,何時復西歸。少壯不努力,老大徒傷悲。

這一首以第三人稱的手法,勸人要愛惜光陰,及時努力。[7]

7.飲馬長城窟行

　　青青河畔草,綿綿思遠道。遠道不可思,宿昔夢見之。夢見在我傍,忽覺在他鄉。他鄉各異縣,展轉不相見,枯桑

---

[6] 同前註頁 410。
[7] 同前註頁 442。

知天風,海水知天寒。入門各自媚,誰肯相為言。客從遠方來,遺我雙鯉魚,呼兒烹鯉魚,中有尺素書。長跪讀素書,書中竟何如?上言加餐飯,下言長相憶。

這一首以敘事的手法,描寫妻子思念丈夫,丈夫也思念妻子,夫妻相愛之詩。[8]

8.白頭吟

皚如山上雪,皎若雲間月。聞君有兩意,故來相決絕。今日斗酒會,明日溝水頭,躞蹀御溝上,溝水東西流。淒淒復淒淒,嫁娶不須啼,願得一心人,白頭不相離。竹竿何嫋嫋,魚尾何簁簁,男兒重意氣,何用錢刀為。

這一首以敘事的手法,描寫女子希冀得到一位相知相愛、永諧白頭的夫婿。[9]

9.羽林郎　　　　　　　　　　　後漢、辛延年

昔有霍家奴,姓馮名子都。依倚將軍勢,調笑酒家胡。胡姬年十五,春日獨當壚。長裾連理帶,廣袖合歡襦。頭上藍田玉,耳後大秦珠。兩鬟何窈窕,一世良所無,一鬟五百萬,兩鬟千萬餘。不意金吾子,娉婷過我廬。銀鞍何煜爚,翠蓋空踟躕。就我求清酒,絲繩提玉壺。就我求珍肴,金盤

---

[8] 同前註頁 556。
[9] 同前註頁 600。

繪鯉魚。貽我青銅鏡，結我紅羅裙，不惜紅羅裂，何論輕賤軀。男兒愛後婦，女子重前夫，人生有新故，貴賤不相踰。多謝金吾子，私愛徒區區。

　　這一首詩既是敘事之作，又是吟詠他人的詩，描寫賣酒的外族女子堅拒羽林軍官的調戲。[10]

10.董嬌饒　　　　　　　　　　　　　後漢、宋子侯

洛陽城東路，桃李生路傍。花花自相對，葉葉自相當。春風東北起，花葉正低昂。不知誰家子，提籠行採桑，纖手折其枝，花落何飄颻。請謝彼姝子，何為見損傷。高秋八九月，白露變為霜，終年會飄墮，安得久馨香。秋時自零落，春月復芬芳。何時盛年去，歡愛永相忘。吾欲竟此曲，此曲愁人腸。歸來酌美酒，挾瑟上高堂。

　　這一首詩既是敘事之作，又是吟詠他人的詩。此詩寫洛陽城東路上所見，寫女子見到花開花落，而欲與情人共享歡樂，而情人卻還沒有找到。[11]

二、曹植樂府詩

1.白馬篇

---

[10] 同前註頁 909。
[11] 同前註頁 1034。

> 白馬飾金羈,連翩西北馳。借問誰家子,幽并遊俠兒。少小去鄉邑,揚聲沙漠垂。宿昔秉良弓,楛矢何參差。控弦破左的,右發摧月支。仰手接飛猱,俯身散馬蹄。狡捷過猴猿,勇剽若豹螭。邊城多警急,虜騎數遷移。羽檄從北來,厲馬登高隄。長驅蹈匈奴,左顧凌鮮卑。棄身鋒刃端,性命安可懷?父母且不顧,何言子與妻?名編壯士籍,不得中顧私。捐軀赴國難,視死忽如歸!

這一首詩可能是寫遊俠以自況,描繪遊俠兒武藝高超,勇猛機智、忠貞愛國,視死如歸。[12]

2.名都篇

> 名都多妖女,京洛出少年。寶劍直千金,被服麗且鮮。鬥雞東郊道,走馬長楸間。馳騁未能半,雙兔過我前。攬弓捷鳴鏑,長驅上南山。左挽因右發,一縱兩禽連。餘巧未及展,仰手接飛鳶。觀者咸稱善,眾工歸我妍。歸來宴平樂,美酒斗十千。膾鯉臇胎鰕,寒鱉炙熊蹯。鳴儔嘯匹侶,列坐竟長筵。連翩擊鞠壤,巧捷惟萬端。白日西南馳,光景不可攀。雲散還城邑,清晨復來還。

這一首詩是諷刺都市貴遊子弟的詩,寫京洛少年鬥雞走馬,飲宴遊戲,消磨掉大好時光。[13]

---

[12] 曹魏父子詩選,仁愛書局印行,頁153-155。
[13] 同前註頁156-158。

3.美女篇

> 美女妖且閒，採桑岐路間。柔條紛冉冉，落葉何翩翩！攘袖見素手，皓腕約金環。頭上金爵釵，腰佩翠琅玕。明珠交玉體，珊瑚間木難。羅衣何飄飄，輕裾隨風還。顧盼遺光彩，長嘯氣若蘭。行徒用息駕，休者以忘餐。借問女何居，乃在城南端。青樓臨大路，高門結重關。容華耀朝日，誰不希令顏？媒氏何所營？玉帛不時安？佳人慕高義，求賢良獨難。眾人徒嗷嗷，安知彼所觀？盛年處房室，中夜起長歎。

這一首詩寫美女盛年不嫁，抒發志士未遇明君，懷才不展的感歎。[14]

三、漢樂府詩和曹植樂府詩的比較

我們談到漢樂府的特徵在「多吟詠他人與重在敘事。」當然抒情也有，但多半優秀作品是在敘事，吟詠他人的詩有以第一人稱敘述、第二人稱敘述及第三人稱敘述的，更有只是敘事又是吟詠他人的詩，這些我們在上文已經舉例說明。

到了建安時代，文人多作樂府詩，像開創建安文學風氣的曹操，他的創作全是樂府詩。曹植的詩，樂府詩也有一半以上。根據胡大雷的研究建安文人在樂府詩上有三大成就：一是在重於敘述他人之事的同時賦予詩歌強烈的個人感情色彩。二是重於敘述包括詩人自

---

[14] 同前註頁 163-165。

身在內的群體人物之事,並賦予詩歌強烈的個人感情色彩。三是詩人不僅僅是詩中事件的敘述者,而且還以個人身分成為詩中事件的介入者。[15] 這三大成就統括地說,就是怎樣改進在漢樂府傳統的吟詠他人之事的樂府詩裡表現自我的方式,怎樣敘寫出帶有強烈自我意識的自我之事,曹植在這方面作出了巨大的貢獻。

我們以上面所舉的三首曹植的樂府詩來分析,白馬篇起首兩句「白馬飾金羈,連翩西北馳。寫白馬套上金色的馬籠頭,奮迅地朝西北方馳騁而去。寫遊俠兒的雄姿,白與金構成一幅美麗的畫面。接著四句「借問誰家子,幽并遊俠兒,少小去鄉邑,揚聲沙漠垂。」寫遊俠兒從小就離開故鄉,在沙漠地區揚名邊陲,敘述遊俠兒的來歷。接著八句「宿昔秉良弓,楛矢何參差。控弦破左的,右發摧月支。仰手接飛猱,俯身散馬蹄。狡捷過猴猿,勇剽若豹螭。」寫遊俠兒弓箭不離身和精湛的騎射技藝。以飛猱、馬、猴猿、豹螭等動物來烘托遊俠兒精深的騎射技藝。接著八句「邊城多警急,虜騎數遷移。羽檄從北來,厲馬登高陽。長驅蹈匈奴,左顧凌鮮卑,棄身鋒刃端,性命安可懷?」寫遊俠兒一馬當先,勇於殺敵、不顧性命的奮勇精神。最後六句「父母且不顧,何言子與妻。名編壯士籍,不得中顧私。捐軀赴國難,視死忽如歸!」寫遊俠兒愛國視死如歸的精神。

曹植這一首白馬篇秉承漢樂府敘事的精神,然而比起陌上桑,又有不同。陌上桑以第一人稱敘述秦羅敷美艷動人,連太守也想追求她,但因羅敷有夫,使君有婦而予以拒絕。詩人與敘述的人物沒

---

[15] 同註1頁26-27。

有關連。曹植的白馬篇就不同了,詩人恍如第三者在敘述勇健愛國的遊俠兒,而其實是自況。曹植素以國事為念,經常想立功邊塞。如:「甘心赴國憂。」(雜詩其五)及「生乎亂、長乎軍。」(求自試表)可以見出其一心為國的愛國情操。所以遊俠兒其實是作者自我的影射。朱乾在《樂府正義》中說:「此寓意於幽并遊俠,實自況也。……篇中所云捐軀赴難,視死如歸,亦子建素志。」可以說是很恰當的。[16] 比起漢樂府詩的敘事精神,曹植的白馬篇透露出詩人借詩抒懷的自我心志的表露,這種詩歌的象徵性、含蓄美,代表了詩歌文化的再進步,也擴展了樂府詩的表現領域。

迥異於白馬篇的名都篇是曹植壯志不伸的反諷,全詩在諷刺部市貴遊子弟的浮華生涯。現在我們再加以分析:首兩句點題「名都多妖女,京洛出少年。」把京城裡的貴遊子弟介紹出來。下兩句「寶劍直千金,被服麗且鮮。」寫佩劍與衣著都非常華麗光鮮。接著十句:「鬥雞東郊道,走馬長楸間。馳騁未能半,雙兔過我前。攬弓捷鳴鏑,長驅上南山,左挽因右發,一縱兩禽連,餘巧未及展,仰手接飛鳶。」寫貴遊子弟鬥雞、跑馬、獵兔、捉鳶的本領。接著兩句寫:「觀者咸稱善,眾工歸我妍。」寫觀眾對貴遊子弟的騎射工夫紛紛叫好,其他射手也認為貴遊子弟的箭法最高超。下面八句寫貴遊子弟飲宴遊戲的豪奢生活。即「歸來宴平樂,美酒斗十千,膾鯉臇胎鰕,寒鱉炙熊蹯。鳴儔嘯匹侶,列坐竟長筵。連翩擊鞠壤,巧捷惟萬端。」最後四句:「白日西南馳,光景不可攀。雲散還城邑,清晨復來還。」寫貴遊子弟宴樂到日落西山才回家又計劃明早還要出

---

[16] 同註12頁153。

來玩樂。此詩表面上是諷刺貴遊子弟空有精湛的技藝卻不能為國效命，只能鬥雞走馬，恍如作者空有一身技藝與滿腔的愛國心，卻不能舒展開來，萬端的感慨見於言外。表現上如漢樂府的敘事，吟詠他人，其實是作者的心志存乎其中，因此讀來更為動人。郭茂倩樂府詩集說：「刺時人騎射之妙，遊騁之樂，而無憂國之心也。」還只說出一半，陳祚明《采菽堂古詩選》言：「萬端感慨見於言外。」是的當之論。[17] 因此這一首詩是寫貴遊子弟其實是寫自我，在傳統的漢樂府詩中寄託了作者自我的雄心壯志。

　　曹植的這一種借樂府詩以抒懷的自我表現態度，在美女篇中更表現得淋漓盡致。起首十六句，極力描寫美女艷麗的容貌和體態，保留了漢樂府陌上桑中極力描寫羅敷美艷的敘事手法，而曹植是借美女以比喻志士的才、德。我們先來賞析這十六句：「美女妖且閑，採桑岐路間。柔條紛冉冉，落葉何翩翩！攘袖見素手，皓腕約金環。頭上金爵釵，腰佩翠琅玕。明珠交玉體，珊瑚間木難。羅衣何飄飄，輕裾隨風還。顧盼遺光彩，長嘯氣若蘭。行徒用息駕，休者以忘餐。」寫美女容貌艷麗，舉止閑雅，而正在路旁採桑。柔嫩的枝條紛紛搖動，採下的桑葉翩翩飄下。她捋起袖子，露出潔白的手臂，白嫩的手腕戴著金手鐲。頭上帶著金雀釵，腰上佩著青翠的玉石，身上交織著金光閃閃的明珠，還裝佩著珊瑚和大秦國出產的一種碧色的寶珠。又輕又薄的羅衣輕輕拂動，衣襟隨風飄揚。顧盼之間留下了迷人的光影，長嘯時吐出香蘭般芬芳的氣息。過路的人看了她停下車子，休息的人看了她忘記吃飯。極力鋪陳美女的美艷，這種手法是

---

[17] 同前註頁 156-158。

漢樂府詩穠麗表現的技巧,曹植用功之力比起陌上桑有過之而無不及,尤其最後兩句側寫路人與休息者看到美女而忘了開車和吃飯與陌上桑「行者見羅敷,下擔捋髭鬚,少年見羅敷,脫帽著帩頭,耕者忘其犁,鋤者忘其鋤。」有異曲同工之妙。接著六句「借問女何居,乃在城南端。青樓臨大路,高明結重關。容華耀朝日,誰不希令顏?」寫美女的居處,暗示美女出身顯貴。最後八句:「媒氏何所營,玉帛不時安?佳人慕高義,求賢良獨難。眾人徒嗷嗷,安知彼所觀?盛年處房室,中夜起長歎。」媒人在幹什麼?為什麼還不拿玉帛來聘娶,美人敬慕品德高尚的人,要想找個賢德的丈夫實在很難。大家只在那裡亂說亂嚷,怎會知道她看上的是什麼人?

美女正當青春年華,卻獨守空閨,不禁深夜起來長歎。表現美女盛年不遇,獨處閨房。比喻志士不被人理解,無法伸展抱負。

劉履在《選詩補注》中說:「子健志在輔君匡濟,策功垂名,乃不克遂。雖受爵封,而其心猶為不仕,故託處女以寓怨慕之情焉。」[18]

由以上三首分析,我們可以看出曹植樂府詩脫胎於漢樂府詩,而更進一步地表現出自我感情、自我個性、自我心志的流露。這是文人樂府詩在樂府詩的時代展延中所表現出來的貢獻,為唐代的新樂府開出自我鋪述的新路程。這一點是值得我們肯定而認識的。

---

[18] 同前註頁 163-165。

李漁叔教授傳記

　　湖南才子李漁叔先生湖南湘潭人，生於民國前6年4月8日，卒於民國61年8月12日，享年六十八歲。依據漁叔師的著作花延年室詩，我們分漁叔師一生為三個時期：

一、少年時期—三十歲前。

二、軍旅生涯—

　　甲、對日抗戰前。

　　乙、對日抗戰。

　　丙、勝利後。

三、卜居台北。

　　很據漁叔師的履歷，其軍旅生涯由民國21年2月，到湖南省政府當參議後，次年22年8月改服務於陸軍第十師司令部少校祕書開始，至民國37年5月任第一綏靖區行政長官公署任行政督參專員，至38年5月卸職，共17年。湖南省政府參議不算。

一、少年時期——三十歲以前：

　　由花延年室詩的記錄，我們可以了解漁叔師少年即富詩才，二十歲就能詩（見夕霽泛舟至郡城題寄所親乙丑時年二十），而且才華洋溢，生活閒逸（有與親友唱和之詩—見侍　家君飲近郭姻家敬和原

韻三首、有詠山水田閣詩—如江村四首、有思古之幽情—如過燕窩口占⁽燕窩地名在湘濱傳為明季吉王妃、徐才人故居⁾、有贈友人詩—如書同里侯荷生扇⁽戊辰時年二十四、以後數年多在日本、有詩一卷、已佚⁾、及送趙祉威尊兄歸隱南嶽⁽壬申秋⁾等）,在這些詩中,發現一個問題,即漁叔師何年遊學日本？今將此問題分述於后。

夕霽泛舟至郡城題寄所親⁽乙丑時年二十⁾「所親」即漁叔師負笈日本明治大學歸來後,作詩贈之的一同遊學日本的初戀情人。（見曾昭旭《李漁叔教授行述》（見訃聞所附）中曰：「及冠（十六歲）,負笈日本明治大學,越四年歸（二十歲）。」詩中有：「湘蘭助君簪,花意兩無算。」句,可見題寄的對象是女子。詩末云：「指水訂新盟,刺船期不返。」漁叔師曾私底下對我說過,他旅日時有一初戀情人。回國後,由於母親執意要他娶其表妹（母親的姪女,即漁叔師的元配劉氏。）為妻,因而,漁叔師與其初戀情人終不能結姻,成為眷屬。這是他離開故鄉,去從軍報國的主要原因。也是他一生風流的緣故。為何要「指水訂新盟,刺船期不返。」不返國,還留在日本,二人中能相戀相親吧！這是漁叔師終身刻骨銘心,不能忘情的憾事和傷痛。

再看「書同里侯荷生扇⁽戊辰時年二十四歲、以後數年多在日本、有詩一卷、已佚⁾」詩曰：「記曾歇浦共清樽,賸向江湖覓醉魂。但許蛾眉銷霸氣,虛張蠖臂看中原。寶刀尚有飛騰意,紅粉偏多眄睞恩。未過信陵身漸老,侯生從此隱夷門。」

首兩句寫漁叔師與同里侯荷生共飲清樽買醉。次寫借「蛾眉」銷霸氣,卻心在中原。五、六句寫寶刀未老,卻只能與「紅粉」佳人在一起。末兩句詠侯荷生,寫侯荷生不似侯贏能遇信陵君知遇之恩（禮賢下士典,見史記信陵君列傳）,得以一展抱負,只好終老

夷門，做個隱士。這並不重要，重要的是此詩的註。漁叔師自註作此詩年二十四，以後數年多在日本，有詩一卷已佚。如漁叔師所言二十四才旅日，則前一首詩就無法解。我請教同門師兄張孟機教授，他說曾昭旭的行述是對的，但是漁叔師如此自註，他就不知道了。漁叔師是幾歲渡日遊學成了謎，這個問題無人能解，只好，存疑。

漁叔師三十歲以前的生活，以作詩為樂，才華洋溢，用詞清麗可喜（見李漁叔教授的《詩學與學術貢獻》一文，這裡不再贅述。）此外，漁叔師擅畫梅，其詠梅之作在少年時期即盛多（如：吹暖寒蕪襯落梅詩句、江春儘力迴天地，祇著寒梅數點花等），可見愛梅、喜梅之情，不言而喻，而且貫穿其一生（如：為師母取名為節梅）可見一斑。

二、軍旅生涯：

甲、對日抗戰以前：

此時期的詩，可以見出漁叔師的生活之一斑，由「廈門海濱三十初渡」一詩領頭，詩曰：「雲白天清世已殊，海濱彈指只須臾。精魂早證三生石，倦羽難棲百尺梧。才人念時皆變滅，欲尋來處總模糊。舵樓此夕橫霄去，起喚波臣壽一壺。」

此詩詩題下有序曰：「清光緒乙巳，先君筮仕閩中，吾母偕行。以其年4月8日，生漁叔於廈門海濱漁家，地名石梧村。後30年乙亥，從軍赴閩，重過焉，是日適為三十生辰。」，由此序我們知道漁叔師生於民國前6年4月8日，廈門海濱漁家的石梧村。

此詩寫人世滄桑,三十歲再經出生地,從軍疲累,人生無常,想追尋自己何所來,然而,記憶已模糊,末兩句為自己的三十歲祝壽點題,作結。

龍巖軍次二首縣以龍巖洞得名
其一:

海門春盡悵來遲,鞭影臨風拂柳絲。書劍依人無遠略,雲山於我要真詩。喧喧紫燕攜雛後,歷歷紅桑挂夢時。誰識卅年前度客,鷺江如鏡照鬚眉。

由此詩「書劍依人無遠略,雲山於我要真詩。」可知漁叔師從軍,真如其所言,只是為了謀事,而真正要做的是一名詩人。

其二:

短褐今來走戰塵,如花猶得共蕭晨。_{姬人畫眉隨在軍中}聞茄籋懷歸遠,畫黛蘭齋晰屬句新。山雨過時添虎跡,洞雲生處作龍鱗。此身縱向兵間老,也勝冀參一輩人。

「畫黛蘭齋屬句新」寫漁叔師自許作詩要有新意,「山雨過時添虎跡,洞雲生處作龍鱗。」兩句見詩人雄豪的健筆,豪氣橫生。

而由此詩自註,從軍也隨身帶侍姬,詩人文采風流,不言而喻,真無人能出其右。

閩西南軍中漫筆
其一:

萬旗齊向雨中收，一箭飛香浴早秋。不為巖茶添水厄，幽蘭也值半年留。_{龍巖茗座看幽蘭，盛開時留此已半歲矣。}

由此詩自註詩人依然在龍巖軍次。詩句中見出詩人的雅興與軍旅生涯並不枯燥，也充滿詩情畫意。

其二：

水宮下與暗潮通，傳說君謨牒老龍。此夜洛陽橋上過，荒雞催曉唱寒空。_{夜過晉江縣洛陽橋，俗傳蔡襄造此橋，曾敕海宮不至，又神界巨石助之，聞雞聲乃絕。}

由此詩自註知詩人軍旅生涯，正在閩中晉江縣過夜，用俗典寫兩首（典見詩人自註）。「君謨」即蔡襄，末句「荒雞催曉唱寒空」，一「荒」字，一「寒」字，寫軍旅生涯的荒寒。這也是偶感，也是人之常情。

其三：

武夷長揖別神君，秋色名山已十分。不浣征衫仍護惜，袖中為有幔亭雲。_{武夷小住，數日別去。}

由此詩自註見軍隊駐紮武夷山；徐志摩說我揮一揮衣袖，不帶走一片雲彩。漁叔師卻要帶走武夷山的幔亭雲。

太湖縣寓廬作

村郭明如拭，精廬地自偏。秀篁邀客步，清露驚鷗眠。市近漁歸早，江空月出光。兵戈行滿眼，誰得佔林泉。

由詩中句「兵戈行滿眼，誰得佔林泉。」知漁叔師寫此詩時尚在軍旅途中，只是暫居太湖縣歇腳。另一恩師臺靜農先生歷經戰亂，流亡至台北，當台大中文系系主任二十餘年，也把他所住的溫州寓所稱作歇腳庵。故言漁叔師只是暫居太湖縣。

「林泉」兩字顯現所居太湖縣寓廬，雖是「精廬地自偏」，但是風光秀麗，有山林之美。所以有「秀筀邀客步，清露驚鷗眠。市近漁歸早，江空月出光。」比美王維「山居秋暝」的詩句。王維「山居秋暝」詩曰：「空山新雨後，天氣晚來秋。明月松間照，清泉石上流。竹喧歸浣女，蓮動下漁舟。隨意春芳歇，王孫自可留。」錄之，與漁叔師詩互參。

由豫南還湘，時東師告警，國家方有事於西南，在軍中作。二首：

其一：

夙昔山林客，真慚擇術疏。豈無兼善志，新有絕交書。義旅攜長劍，經畬罷舊鋤。危炊共星飲，終不老漁樵。

首句「夙昔山林客」，寫曾經也是喜愛山林隱逸生活的人，次句「豈無兼善志」，指漁叔師有孟子兼善天下，經國濟民之志。「新有絕交書」指國家方有事於西南。「義旅攜長劍」寫書生報國，「危炊共星飲」寫軍旅生涯，露宿野地。最後，一片愛國從軍之心表露無遺，所以自言「終不老漁樵」。漁叔師一生書劍報國，至死不渝，是他偉大，能成為生時一代大師的原因。

其二：

已卷遼陽甲，何從買鬥心。殘疆飛病蝶，^{時遼陽陷落，聞邊將方與劇人胡蝶舞甚酣}危堞拾遺簪。宜面花如笑，吹骨寇已深。南雲近傳檄，兵氣作春陰。

「已卷遼陽甲」指遼陽陷落，「何從買鬥心」寫詩人憂國軍士氣不振，為下文伏筆。病蝶指劇人胡蝶，由詩註見國家正遭敵寇侵襲，而國軍卻沉迷女色。故詩人感嘆「兵氣作春陰。」

宿山夜大雷雨

急雨危巢叫暮禽，山空愁守一燈深。百年松檜鳴柯葉，五夜雷霆撼布衾。漸覺濕雲生枕角，似搖孤艇入波心。罡風吹散遊仙夢，撩亂春魂何處尋。

此詩首兩句點題「宿廬山夜大雷雨」，頷聯「百年松檜鳴柯葉，五夜雷霆撼布衾。」加強寫大雷雨，與首句「急雨」相呼應。頸聯「漸覺濕雲生枕角，似搖孤艇入波心。」寫「宿」字。末聯寫宿廬山以為似神仙，但被大雷雨吹散此夢。大雷雨也撩亂了，詩人想尋春之心。詩人的風流倜儻，自然可見。

曲江月夜讀張九齡詩因懷其人

藝苑詞華一代傾，相公風度百僚驚。玉堂豈少匡時略，金鑑難通寤主誠。先識早知安史禍，勛名應與杜房爭。祇今海上生明月，滅燭披衣共此情。

此詩首兩句寫張九齡文采風流「一代傾」、「百僚驚」，頷聯「玉堂豈少匡時略，金鑑難通寤主誠。」寫張九齡有匡時之雄才韜略，卻精誠難得主人之知遇；然而，張九齡有先見之明，早預知安史之亂，所以說他的名氣應與唐代名相杜審言、房琯齊名。最後，詩人點題「曲江月夜」寫見月夜與思古之幽情，也由此之漁叔師自以張九齡自況。

以上寫軍旅生涯的初期生活（見花延年室詩卷一頁 3 至頁 10），表現漁叔師的生活情趣、軍旅生活、與性格、詩才。與三十歲以前少年時期的詩（見花延年室詩卷一頁 1 至頁 3），把漁叔師整個人的生活、風範、主要精神全表現出來了。以後詩，雖也有動人者（如：花延年室詩卷二頁 20 晉中雜詩八首己卯最後一首，亂軍中見二紫衣女子倚橋柱哭甚哀，詩曰：「愁蛾哭向陣雲深，驍騎難廻殺戮心。利箭射穿雙紫燕，斷橋兵火落哀音。」寫戰爭的無情和殘忍。）好詩在在可見，但為要縮減篇幅，以免累贅，不再逐一賞析，只言其大要。

乙、對日抗戰：

此時期詩見花延年室詩卷 2 頁 13，「由潼關赴西安道中作」開始，至卷三頁 42～頁 43「喜聞受降三首」，共 120 首。

今只舉「由潼關赴西安道中作 二十六年戊寅對日抗戰」作賞析，詩曰：「寥天何處戒歸程，老雁當關勢一橫。好月連霄爭雪色，大河千里走兵聲。每隨謝客稱山賊_{近常與軍帥遊，曉驪從甚盛}，多愧蕭郎號騎兵。思古

幽情有時發，猶堪援筆賦西京。」

首四句寫軍旅生涯，戎馬倥傯。末四句寫與軍帥遊，對軍帥頗為推崇，而發思古之幽情，並援筆作西京賦（借張衡西京賦自道）。

由此詩自註知為對日抗戰開始。

其中，如卷3頁35「碧湖秋感四首」其二：「平生江海飄搖慣，又補遊蹤到浙東。」其三：有「至今餘痛滿神州。」其一：有「一身漂蕩仍為客，少歲輕狂賸有詩。日日江村放衙處，暝禽識我笑歸遲。」都充滿詩人多情多感的身世飄搖之感，也見出詩人託身軍旅的情懷。

再如：頁28「由贛北還湘，宿石橋驛。口占示姬人靈犀二首」其二：自挈朝雲（蘇東坡侍妾，此借指姬人靈犀）伴，來從戰壘邊。無兒漂泊慣，多難愛憐偏。古驛留殘夢，豐鬟正盛年。關河兵火夜，隨處得安眠。

無兒是漁叔師一生的憾事，然而，在此時，表現的是軍旅戰亂生活中，猶言「多難愛憐偏」，見漁叔師的文采風流不減輕狂少年時。

漁叔師的軍旅生涯的愛國情懷也值得一書，如：卷2頁13「保定車中宿。夜大雷雨。如乘巨舟泊水雲深處。二首」其一：「無為嘆行役，辛苦望中興。」又：頁15「棄雁門」末四句：「嘶風代馬脫金鞍，黃沙白骨空漫漫，城頭猶是秦時月，見慣胡兒入漢關。」頁17：「夜行軍」有：「我亦流血被踵趾，報國敢惜身萬死。」頁27：「辛巳春出遊銅鼓縣近郊。三首」其三：「何當奮淵默，力戰定中原。」又：頁30「次韻周仁濟苦吟」有：「商歌晴塞起，秋色

戰場生。漫卷詩書去，新傳凱唱聲。」皆可見詩人從軍報國的愛國情懷。

又漁叔師行軍不忘作詩，由花延年室詩中處處可知，今舉幾例見其自言。如：卷3頁40「富春懷人詩五首」其二：「等閒一令垂垂老，自寫新詞署散翁。」又其三：「布襪青鞋與拙宜，江山行處盡真詩。」

最後，對日抗戰結束，有詩「喜聞受降三首」其一有：「苦戰生靈盡，奇勳史冊無。」其二：「蘊孽從天發，罹殃舉世驚。浪烹星海沸，霆裂地維傾。」寫抗戰的辛苦。

以上為第二期對日抗戰的軍旅生涯。

丙、勝利後：

花延年室詩卷3頁43「先芬篇並序」後至頁53卷末為勝利後至大陸淪陷時期所作詩，共28首。其中有一首題畫詩，可見漁叔師詩畫兼具的才華與興趣，故提出來。

題黃忠壯公雙魚圖詩幅並序（序略）

（詩亦略），因整首詩只在最後兩句寫到畫雙魚，把雙魚比喻為白龍。末兩句詩曰：「春雷一夜生鱗甲，定化延津兩白龍。」故不登錄全詩，也不做賞析。

三、卜居台北：

此時（即民國38年至漁叔師謝世之民國61年間所作詩），見

花延年室詩卷 4 頁 55「初至台灣卜居台北已丑 7 月」一詩開始,至卷 8 頁 141「新春出遊近郊」止,共 274 首。其中,多有(1)、日常生活的酬唱之作(如:卷 4 頁 64「曾今可近作頗進,含老稱之。因亦次韻一首。」卷 5 頁 82「讀煜如含光二老茗坐用前韻唱酬之作。次呈。兼寄魯恂丈。」卷 6 頁 86「次韻含光老人七月暮植物園春荷花。」卷 6 頁 97「和醇士洗兒。」等。)、(2)、題畫詩(如:卷七頁 106 題謝蘭生畫山水冊。」卷 7 頁 116「題勺湖課子圖為顧季高教授作。」卷 8 頁 125「題作梅畫象。」同頁「題沈達夫同社百家書畫展。」頁 127「自題畫梅贈何緯渝博士。」頁 130「韻清屬題長恨歌圖冊。」頁 131「盧聲伯故山別母圖題詞二首。」頁 137「題吳子深畫蘭。」頁 138「題黃河萬里圖卷。」等)、(3)、雜詩(如:卷 5 頁 69「癸巳雜詩三十首。」卷 6 頁 9。「雜詩八首。」卷 8 頁 136「戊辰歲暮雜詩八首。」等)、(4)、與上庠子弟遊之詩(如:卷 8 頁 127 至 128「丙午春赴雙谿。觀清故宮舊藏唐六如畫。即乾隆文玩,賦示同遊王熙元、黃永武、朱玄、三學搏。」及頁 137「己酉孟夏。熙元、良樂、慶萱、永武、明勇、夢機、昭旭、信雄、金昌、諸君。攜酒招遊台北市近郊圓通寺。以一觴為壽。賦謝。」等)。

　　此時漁叔師與成惕軒、張默君、張魯恂、彭醇士、江絜生、陳含光、沈尹默、陳定山、王壯為、張大千、吳子深、魯實先等詩、書、畫兼擅的詩人、畫家、書家遊。

　　　　魯實先師為師大文字學大師,又講授史記。
　　　　成惕軒師為駢文大師。

吳子深師當時與張大千齊名，工畫山水、蘭、竹的大師，為保存元明人畫法的傳統畫家，工力深厚，山水水墨，著色兼工。蘭竹尤為出色，無人能出其右。

　　漁叔師有詩一首題其畫蘭（見前文），以空谷幽蘭稱之，有別於一般凡花。畫蘭得文衡山徵明神髓，更勝於鄭板橋。

　　漁叔師晚年以講學為樂，卷7頁119至120「華岡講舍即事。」一詩曰：「鳴絃默會綢繆意，來共書堂笑語深。」其作育英才，以教學為樂之精神，由此詩可知。

　　最後，簡述漁叔師一生的履歷如后：

1、　民國21年2月至22年7月任職湖南省政府參議。
2、　民國22年8月至24年2月任職陸軍第十師司令部少校祕書。
3、　民國24年12月至25年4月任職駐閩第二綏靖區司令部中校祕書。
4、　民國25年5月至25年9月任職安徽省財政廳祕書。
5、　民國25年9月至25年10月任職豫南剿匪指揮部祕書。
6、　民國26年8月至26年9月任職石家莊戒嚴司令部祕書處處長。
7、　民國26年9月至27年2月任職陸軍第十四軍司令部中校祕書。
8、　民國27年3月至27年11月任職陸軍第三十三軍團司令部上校祕書。
9、　民國28年5月至30年1月任職西南游幹班機要室上校主任。
10、　民國30年2月至31年1月任職西南游幹班辦公廳副主任。
11、　民國31年1月至31年12月任職西南游幹班辦公廳上校祕書。
12、　任職西南游幹班辦公廳上校科長。
13、　民國28年5月至30年1月任職湘鄂贛邊區挺進軍總部機要室上校主任。
14、　任職湘鄂贛邊區挺進總部少將參議。
15、　民國31年1月至31年12月任職西南游幹班辦公廳少將主任。

16、民國32年2月至32年8月任職第三十二集團軍總部軍法處少將處長。
17、民國37年5月至38年5月任職第十一綏靖區行政長官公署行政督察專員。
18、民國38年8月至39年2月任職台灣省政府祕書。
19、民國39年4月至43年5月任職行政院祕書。
20、民國43年6月至54年6月任職總統府祕書。
21、民國54年7月任職台灣糖業股份有限公司顧問。
22、任職台灣肥料股份有限公司。
23、民國51年11月任職行政院顧問。
24、民國46年3月任職教育部國文教育委員會委員。
25、民國54年4月任職私立中國文化學院中國文化研究所教授。
26、民國48年9月至54年任職台灣省立師範大學國文系教授。
27、民國57年8月任職國立台灣師範大學國文研究所教授。

以上為漁叔師一生的傳記。

李漁叔教授的詩學與學術貢獻

前言：

　　湖南才子李漁叔教授湖南湘潭人，生於民國前6年4月8日，卒於民國61年8月12日，享年六十八歲。詩文從邑賢趙瀞園先生學[1]，依據漁叔師的著作《花延年室詩》，我們分漁叔師一生為三個時期：

　　一、少年時期──三十歲前。

　　二、軍旅生涯：

　　　　甲、對日抗戰前。

　　　　乙、對日抗戰。

　　　　丙、勝利後。

　　三、卜居台北。

　　（他的一生有拙作〈李漁叔教授傳記〉一文介紹。[2]）

　　這裡不再重複，只談他的詩學與學術貢獻。

---

[1] 見李漁叔教授訃聞所附曾昭旭撰「李漁叔教授行述」一文。
[2] 見本書前篇。

一、詩學：

甲、清狂少年時期的詩：（二十歲至卅歲）[3]

此時斯漁叔師以詩人自許，詩清麗、開闊、豪邁。我們以《花延年室詩》為本，一一敘述於后：

侍　家君飲近郭姻家敬和原韻三首[4]

其一：

> 才看新綠漲郊原，花瀨濛濛雨氣昏。寄興江天一拳石，壺中光景谷神存。_{余家在湘濱，對岸有奇石峙立，舊名壺山。}

首句寫「郊原」景緻，用一「新」字寫春天的綠草、綠樹，一「漲」字，用字奇特，寫新綠的蓊翳、澎湃，見詩人的才興。次句用疊字「濛濛」寫雨中花景，漁叔師做詩喜用疊字，我們將逐一討論。[5] 末兩句寫「寄興江天」的情與景，氣韻開闊。

其二：

> 芒鞋初試趁新晴，南郭前頭稚子迎。莫訝瓦盆常供客，濁醪一酌有餘情。

首句用一「新」字點晴空萬里，漁叔師作詩喜用「新」字表清

---

[3] 見《花延年室詩》卷 1 頁 1「夕齋泛舟至郡城題寄所親乙丑時年二十」及頁 3「廈門海邊三十初度」。
[4] 仝上卷 1 頁 2。
[5] 見後文。

新、新意,前首已見,後文將再敘述[6]。次句「南郭前頭稚子迎」,末句「濁醪一酌有餘情」,這兩句溫情脈脈,見詩人情深。

其三:

> 野水渾渾繫釣槎,夕陽巷口竹籬斜。江春儘力迴天地,祇著寒梅數點花。

首句用疊字「渾渾」寫野水,「夕陽巷口竹籬斜」,一「斜」字,點落日晚照,頗傳神。

末兩句「江春」句氣象雄渾,末句以「寒梅」見詩人氣節、風采。

江村四首[7]

其一:

> 細雨斜風換物華,晚晴開遍滿汀花。

首兩句寫景細緻,充滿清新美感。

> 江光忽展玻璃碧,水月魚龍共一家。

末兩句用詞清麗動人,寫江村之景,寫得情景交融,一片清新。

其二:

---

[6] 仝前。
[7] 仝注 1 頁 2。

老魚吹絮浴波溫,乳燕當風漸欲翻。

首兩句用「老魚」對「乳燕」,一老一嫩,想像奇特;「吹絮」對「當風」,用「吹」字想像離奇,對仗也工巧。「浴波溫」對「漸欲翻」,一靜一動,又有溫度、又有動感,更見詩人巧妙之處。

春最娉婷湘水曲,雨花風柳一村村。

末兩句點「江村」,用詞清麗可喜,用「雨花風柳」句,靜中有動,且花柳相映襯,倍見江村景色之美感。

其三:

偷眼山禽欲下來,水邊仍有數枝開。

首句用「偷」字,見詩人巧思,寫脾睨之情。「水邊仍有數枝開」指梅。「春風忒是多情甚,吹暖寒蕪襯落梅。」末兩句用擬人法寫春風多情,其實春風乃無情之物,寫其多情,見詩人多情。用梅點高雅的情操。

其四:

竹館槐堂三五家,丁寧鶯舌不嫌嘩。

首兩句寫景自然,動靜相參。「丁寧鶯舌不嫌嘩」用字生動。

南風忽送絲絲雨,半濕鷗襟半潤花。

末兩句用疊字「絲絲」表現細膩的美感。最後，一「濕」字，一「鷗」字，寫活了江村景緻。鷗、花相對而用，一動物，一植物，見詩人民胞物與的情懷。詩人的巧筆，真真令人折服，不僅造景自然，用詞也清新、生動、可喜。

過燕窩口占_{燕窩地名，在湘濱，傳為明。季吉王妃、徐才人故居}。[8]

> 莫向雕梁覓夢痕，風花深處自飛翻。

首兩句寫往事恍如一夢，既已過去，就莫再追尋。「風花」句為第三句伏筆，點雙燕，即吉王妃、徐才人。

> 怪他雙燕溫存甚，曾是烏衣舊子孫。

「怪他」句以燕擬人，「曾是」句點題目之自註，見景生情。用劉禹錫的「烏衣巷」典，燕是王謝堂前燕，化劉禹錫詩「舊時王謝堂前燕」為用，寫來自然無痕，化古為今。

唐劉禹錫「烏衣巷」詩[9]：

> 朱雀橋邊野草花，烏衣巷口夕陽斜。舊時王謝堂前燕，飛入尋常百姓家。

古今二詩可以互參，詩的作法，自然可知。

---

[8] 仝前頁 3。
[9] 見《唐詩鑑賞》上（五南出版社出版）頁 1023。

書同里侯荷生扇 戊辰時年二十四，以後數年，多在日本，有詩一卷、已佚。[10]

記曾歌浦共清樽，賸向江湖覓醉魂。但許蛾眉銷霸氣，虛張蝘臂看中原。寶刀尚有飛騰意，紅粉偏多眄睞恩。未遇信陵身漸老，侯生從此隱夷門。

由詩題可見漁叔師善詩亦善書法，首兩句寫漁叔師與同里侯荷生同飲「清樽」買醉，次句寫借「蛾眉」銷霸氣，卻心在中原。五、六句寫寶刀未老，卻只能與「紅粉」佳人在一起。末二句詠侯荷生；寫侯荷生不似侯贏，能遇信陵君知遇之恩（禮賢下士典－見史記‧信陵君列傳[11]），得以一展抱負，只好終老夷門，做個隱士。此詩用典亦自然貼切，見詩人的詩筆與工力。

送趙祉威尊兄歸隱南嶽 壬申秋[12]

交許忘年接勝流，初裁野服送歸修。秋登石廩供吟嘯，夢穩茅簷恣臥遊。最有盛名工說士，若逢中主足封侯。禪牀倘憶縱橫略，何似孤雲過嶺頭。

首句寫漁叔詩與趙祉威為忘年之交，「秋登」兩句寫趙祉威歸隱南嶽的生活，一「吟嘯」、一「臥遊」見隱者之樂。五、六句寫趙祉威有才幹，若逢知音，足以封侯。末兩句寫隱居後，若有雄韜偉略，也不過如孤雲過嶺頭，稍縱即逝。詩寫兩人交誼之深，知遇

---

[10] 仝注6。
[11] 見《歷代名篇鑒賞》上（五南出版社出版）頁204-210，又名魏公子列傳。
[12] 仝注8。

之深,也寫隱居之樂,可惜末兩句詩意太過孤峭。亦見詩人之自許,終身不為隱士。

以上是漁叔師清狂少年時的詩,才華洋溢,用詞不凡,清麗可喜。漁叔詩的詩學在此已展露無疑。

此外,漁叔師喜畫梅,以梅自況,其詠梅之作在此時即盛多,可見其愛梅、喜梅之情,不言而喻。

乙、軍旅生涯的詩:

由《花延年室詩》觀之,漁叔師的軍旅生涯,共分三期。

1、對日抗戰以前[13]。

2、對日抗戰[14]。

3、勝利後[15]。

首先我們賞析「對日抗戰以前」的詩:

廈門海濱三十初度 清光緒乙巳,先君筮任閩中,吾母偕行,以其年四月八日,生漁叔於廈門海濱漁家,地名石梧村,後三十年乙亥,從軍赴閩,重過焉,是日適為三十生辰。[16]

　　雲白天青世已殊,海濱彈指只須臾。精魂早證三生石,

---

[13] 仝注 8「廈門海邊三十初度」至頁 12「信陽旅夜」止,共 31 首。
[14] 自《花延年室詩》卷 2 頁 13「由潼關赴西安道中作二十六年戊寅秋對日抗戰。」至卷 3 頁 42「喜聞受降三首」止,共 103 首。
[15] 自卷 3 頁 43「先芬篇並序」起,至頁 53「青島軍次得海濱小園居尺。頗有花木之勝。其明年國軍益敗壞不可為,行將他去,聊綴二篇。」止,共 29 首。
[16] 仝注 1 卷頁 3-4。

> 倦羽難棲百尺梧。才人念時皆變滅，欲尋來處總模糊。舵樓此夕橫霄去，起喚波臣壽一壺。

首句用「白」、「青」對比，給人一種淡雅的美感。顏色字的運用，也是漁叔師作詩常用的詩法之一[17]，後文我將再做追述。

此詩寫人世滄桑，三十歲再經出生地，從軍疲累，人生無常，想追尋自己何所來，然而，記憶已模糊，末兩句為自己的三十歲祝壽點題，作結。

由此詩前面的序，知漁叔師生於民國前六年四月八日，廈門海濱漁家的石梧村。

龍巖軍次二首 縣以龍巖洞得名[18]

其一：

> 海門春盡悵來遲，鞭影臨風拂柳絲。書劍依人無遠略，雲山於我要真詩。喧喧紫燕攜雛後，歷歷紅桑挂夢時。誰識卅年前度客，鷺江如鏡照鬢眉。

由此詩「書劍依人無遠略，雲山於我要真詩。」可知漁叔師從軍，真如其所言，只是為了謀事，而真正要做的是一名詩人[19]。

「喧喧紫燕攜雛後，歷歷紅桑挂夢時。」用疊字相對用，是習

---

[17] 見後文。
[18] 仝注 16 頁 4。
[19] 見漁叔師訃聞所附曾昭旭述的「李漁叔教授行述」中曰：「蓋先生一生，雖早歷戎行，中經政事，晚歸杏壇，而貫之者則為詩而已，此先生所以為詩人乎。」

用陸游的詩法[20]，疊字的運用，是漁叔師常用的詩法，前文已見，後文我們將再補述。用「紫燕」和「紅桑」相對，不僅運用了顏色字（顏色字的運用，也是漁叔師常用的詩法之一，前文已見，後文我們將再補述。），鮮活了畫面，一動一靜更具詩意，耐人尋味，寫景能如此，自是上手。

其二：

> 短褐今來走戰塵，如花猶得共蕭晨。姬人靈犀隨在軍中。聞茄部屋懷歸遠，畫黛蘭齋屬句新。山雨過時添虎跡，洞雲生處作龍鱗。此身蹤向兵間老，也勝髯參一輩人。

「畫黛蘭齋屬句新」寫漁叔師自許作詩要有新意。「新」字的運用，是漁叔師喜下的詞，前文已見，後文將再說明。

「山雨過時添虎跡，洞雲生處作龍鱗」兩句見詩人雄偉的健筆，豪氣橫生。

而由此詩自註，從軍也隨身帶侍姬，詩人文采風流，不言而喻，真無人能出其右。

閩西南軍中漫筆[21]

其一：

---

[20] 見陸游「九月十六日夜夢駐軍河外，遣使招降諸城，覺而有作」一詩，首句「殺氣昏昏」，「寶劍吟」一詩，第二句「殷殷夜有聲」，「歸次漢中境上」一詩，第五句「遺虜屢屢寧遠略」，「南池」一詩，第七句「眼前碌碌誰知此？」「岳池農家」一詩，第二句「原頭叱叱兩黃犢」又：十三句：「農家農家樂復樂。」，「入瞿唐登白帝廟」一詩，第九句「禹功何巍巍」等詩可知。

萬旗齊向雨中收，一箭飛香浴早秋。不為巖茶添水厄，幽蘭也值半年留。<small>龍巖菩庄有幽蘭，盛開時，留此已半歲矣。</small>

由此詩自註，知詩人依然在龍巖軍次，詩句表現詩人的雅興，與軍旅生涯並不枯燥，也充滿詩情畫意。

其二：

水宮下與暗潮通，傳說君謨牒老龍。此夜洛陽橋上過，荒雞催曉唱寒空。<small>夜過晉江縣洛陽橋，曾敕海宮令夜潮不至，又俗傳蔡襄造此橋，神界巨石助之，聞雞聲乃絕。</small>

由此詩自註知詩人軍旅生涯正在閩中晉江縣過夜，用俗典（見詩自註）寫首兩句，「君謨」即蔡襄，末句「荒雞催曉唱寒空」，一「荒」字，一「寒」字，寫軍旅生涯的荒寒寂寞。這也是偶感，此是人之常情。

其三：

武夷長揖別神君，秋色名山已十分。不浣征衫仍護惜，袖中為有幔亭雲。<small>武夷小住，數日別去。</small>

由此詩自註知軍隊駐紮在武夷山；第二句「秋色名山已十分」詠武夷山，寫來別緻動人。徐志摩說：「我揮一揮衣袖，不帶走一片雲彩。」，漁叔師卻要帶走武夷山的幔亭雲。

太湖縣寓廬作[22]

---

[21] 仝注 1 頁 4-5。
[22] 仝注 1 頁 5。

村郭明如拭,精廬地自偏。秀篁邀客步,清露驚鷗眠。市近漁歸早,江空月出先。兵戈行滿眼,誰得佔林泉。

由詩中句「兵戈行滿眼,誰得佔林泉。」知漁叔師寫此詩尚在軍旅中,只是暫居太湖縣歇腳。另一恩師臺靜農先生歷經戰亂,流亡至台北,當台大中文系系主任二十餘年,也把他所住的溫州街寓所,稱做歇腳庵[23]。故言漁叔師只是暫居太湖縣。

「林泉」兩字顯現所居太湖縣寓廬,雖是「精廬地自偏。」但是,風光秀麗,有山林之美。所以有以下四句,寫景之詩。一「秀」字點出竹林之美,一「清」字,一「驚」字,寫活了山林景緻。一「眠」字,動中取靜,末兩句寫漁人歸,在「江空」的遼闊空間中,月光已先出現。此四句詩可以比美王維〈山居秋暝〉今皆錄之於后,二詩之異同,異曲同工之妙,可以互參。

漁叔師詩句:「秀篁邀客步,清露驚鷗眠。市近漁歸早,江空月出先。」王維「山居秋暝」[24]:「空山新雨後,天氣晚來秋。明月松間照,清泉石上流。竹喧歸浣女,蓮動下漁舟。隨意春芳歇,王孫自可留。」

由豫南還湘。時東師告警。國家方有事於西南。在軍中作。二首[25]:

其一:

---

[23] 臺靜農師稱其住居為歇腳庵或為龍坡丈室,見其書作所署可知。
[24] 見《唐詩鑑賞》上(五南出版社出版)頁168。
[25] 仝注22。

夙昔山林客，真慚擇術疏。豈無兼善志，新有絕交書。義旅攜長劍，經畬罷舊鋤。危炊共星飲，終不老漁樵。

首句「夙昔山林客」寫曾經也是喜愛山林隱逸生活的人，第三句「豈無兼善志」，指漁叔師有孟子兼善天下，經國濟民之志。「新有絕交書」，指國家有事於西南。「義旅攜長劍」寫書生報國，「危炊共星飲」寫軍旅生涯路宿野地。最後，一片愛國從軍心表露無遺，所以自言「終不老漁樵」，與首句相反相成。漁叔師一生書劍報國，至死不渝，是他偉大，能成為他生時為一代大師的原因。蘇軾「題寶雞縣斯飛閣」[26] 詩有：「此身無計老漁樵。」，古今詩人的所遇不同，襟懷也不同，可以互參，由蘇詩更見漁叔師的幸運、得時。

其二：

已卷遼陽甲，何從買鬥心。殘疆飛病蝶，<small>時逢陽陷落，聞達將方與劇人胡蝶舞甚酣</small>危堞拾遺簪。宜面花如笑，吹骨寇已深。南雲近傳檄，兵氣作春陰。

「已卷遼陽甲」指遼陽陷落，「何從買鬥心」寫詩人憂國軍士氣不振，為下文伏筆。病蝶指劇人蝴蝶，由詩註見國家正遭逢敵寇侵襲，而國軍卻沉迷女色。故詩人感嘆「兵氣作春陰。」

宿廬山夜大雷雨[27]

---

[26] 見《蘇文忠公詩編註集成》（三），台灣學生書局印行，卷4，頁9。
[27] 仝注3頁6。

急雨危巢叫暮禽，山空愁守一燈深。百年松檜鳴柯葉，五夜雷霆撼布衾。漸覺濕雲生枕角，似搖孤艇入波心。罡風吹散遊仙夢，撩亂春魂何處尋。

此詩首兩句點題「宿廬山夜大雷雨」，表現軍旅生涯的愁悶與蕭瑟情懷。領聯「百年松檜鳴柯葉，五夜雷霆撼布衾。」加強寫大雷雨，與首句「急雨」相呼應。頸聯「漸覺濕雲生枕角，似搖孤艇入波心。」寫「宿」字。末聯寫宿廬山以為似神仙，但被大雷雨吹散此夢。大雷雨也撩亂了，詩人想尋春之心。詩人的風流倜儻，自然可見。

廬山八首[28]

其二：牯牛嶺

第三句「高寒日月空青雨」，第五句「欲搖碧芝餐白鹿。」詩意奇特，用一「青」字，一「白」字，表現顏色字的運用與素淡的美感。

其三：黃龍潭

第三、四句「遠勢自涵超海力，餘威猶欲負舟行。」，氣象壯闊。第五、六句「長虹飲澗朝飛岫，萬馬排空夜斫營」寫山中瀑布、潭水之景，「萬馬排空夜斫營」令人想像觀光九寨溝瀑布之奇景。末兩句「射盡夫差水犀手，天風仍作怒潮聲。」氣魄不凡，寫

---

[28] 仝前注至頁 8。

活了潭水風光。蘇東坡有詩詠西湖夜潮[29] 句曰：「安得夫差水犀手，三千強弩射潮低。」與漁叔師詩互參更見詩意。

其四：天池寺

第二句「落花啼鳥自年年」用疊字句法，「自年年」也表現出詩人的想像力。

其五：黃龍寺

第三、四句「寶樹彌空飛秀色，鐵船終古泊斜暉。」寫景佳妙，用「飛秀色」、「泊斜暉」寫一動一靜之景。

寺內寶樹傳為六朝僧曇首所植，鐵船峯可於寺門見之。

其六：仙人洞

第三、四句「千山雨」對「萬里風」是數字對。「騎龍幻作千山雨，駕鶴歸來萬里風。」，想像奇妙壯闊，對仗也很工整。

其七：含鄱嶺

第五、六句「金闕前開雙岫起，宮亭遙指一螺浮。」用一「雙」字，一「一」字，見詩人用數字對，想像奇特，對仗也精工。末兩句「雲夢八九胸吞盡，況是奇峯在上頭。」表現詩人的胸襟豪邁，氣象萬千。

別廬山[30]

　　名山無分許停蹤，此意惟堪訴落鴻。天半斗然雲氣歛，形骸仍墮大千中。

---

[29] 見《蘇東坡詩文選》。戴麗珠選，學海出版社印行，頁 35-37，「八月十五日看潮五絕其一、其二、其五」之其五。
[30] 仝前注頁 8。

漁叔師自號漁叔居士，故對佛禪頗有研究，此詩可以見出禪意。「形骸仍墮大千中」寫看破人生生死，人在世間走。

南遊雜詩十首[31]

其二：

末兩句「終古明月香雪海，江山分付與梅花。」見氣象萬千，也表現以梅自況的愛國情操，漁叔師的喜愛梅花而且畫梅，其情由此自然可知。

其四：

末兩句「朝山未了頭陀願，瓶鉢蕭然過嶺南。」表現詩人以居士自居的情懷，「朝山」、「蕭然」有落寞之感。

其五：

末兩句「何時托鉢隨緣去，同禮霜龕一點燈。」_{道旁口占，贈行腳僧二首}亦與其四同。人世一切隨緣，有緣「同禮霜龕」只為「一點燈」。

其八：

> 剪剪銀雲逐浪回，小風吹處碧鱗開。湖頭一勺胭脂水，時有驚鴻照影來。

首句用疊字「剪剪」，詩風清麗可喜，一「回」字、一「開」字，相輔相成，頓生詩意。「驚鴻照影來」化用蘇東坡詩：「為有驚鴻照影來」詩句。

其九：

---

[31] 仝前注頁 8-9。

末兩句「獨倚紅欄看海色,茫茫煙水月牙生。」用疊字「茫茫」,一「紅」字是實色、一「海」字表湛藍,是虛色,虛實相用,表顏色字的美感,末句具有朦朧之美。

曲江月夜讀張九齡詩因懷其人[32]

藝苑詞華一代傾,相公風度百僚驚。玉堂豈少匡時略,金鑑難通寤主誠。先識早知安史禍,勳名應與杜房爭。祇今海上生明月,滅燭披衣共此情。

此詩首兩句寫張九齡文采風流「一代傾」、「百僚驚」,頷聯「玉堂豈少匡時略,金鑑難通寤主誠。」寫張九齡有匡時之雄才韜略,卻精誠難得主人之知遇;然而,張九齡有先見之明,早預知安史之亂;所以說他的名氣應與唐代名相杜審言、房琯齊名。最後,詩人點題「曲江月夜」寫見月夜興思古之幽情,也由此知漁叔師以張九齡自況。

丁丑春初雞公山紀遊[33]

此詩為七言古詩,共 62 句,可稱漁叔師的長篇巨作,其工力不下古人,詩中有「一鳴曉日光熊熊」、「下有淵淵絃誦聲」、「太白睒睒雞三號」、「夢裏時時記度遼」、「國魂沉沉墮復起」等詩句皆用疊字。雖然是紀遊詩,但詩人愛國之心卻隨處可見;如:「倚天長劍雄心在,夢裏時時記度遼」有陸遊詩意;又「國魂

---

[32] 仝前注頁 10。
[33] 仝前注頁 10-12。

沉沉墮復起,聞聲起舞(用聞雞起舞典)慎勿遲。」由以上詩句,稱漁叔師與陸遊同為愛國詩人,並不為過。末兩句點題又拓出一筆,更見詩人的氣度超群。詩曰:「明年春草雞頭綠,為汝長吟出塞詩。」_{雞公山又名雞頭山,以古詩春來芳草滿雞頭得名,見信陽州志。}

信陽旅夜[34]

其一:

「辜負狂名三十載,已非輕俠少年時。」見詩人的感慨。

其二:

「我與驚禽同臥起,打窗急雷一聲聲」。寫情逼真,也用疊字「聲聲」。

以上詩寫軍旅生涯的初期生活,由所錄詩可以見出漁叔師的詩才、詩風。以後詩,為避免累贅重覆,增加篇幅,故不再逐一賞析,只舉其大要。

以下賞析對日抗戰時的詩[35]

由潼關赴西安道中作[二十六年戊寅秋對日抗戰][36]

寥天何處戒歸程,老雁當關勢一橫。好月連霄爭雪色,大河千里走兵聲。每隨謝客稱山賊_{近常與軍帥遊眺除騶從甚盛},多槐蕭郎號騎兵。思古幽情有時發,猶堪援筆賦西京。

---

[34] 仝前注頁 12。
[35] 對日抗戰時期的詩自卷 2 頁 13「由潼關赴西安道中作二十六年戊寅秋對日抗戰。」起至卷 3 頁 42-43「喜聞受降三首」止,共 120 首。
[36] 仝注 3 卷 2 頁 13。

首四句寫軍旅生涯，戎馬倥侗。末四句寫與軍帥遊，對軍帥頗為推崇，而發思古之幽情，並援筆作西京賦[37]，

由此詩自註知為對日抗戰開始。

過黃河鐵橋[38]

第三、四句用「金鼇」、「玉斧」對，顯得金碧輝煌。五、六句「象逼星辰近，光搖地脈通。」一天一地，氣象雄闊。末兩句「雷聲一車走，雄嘯答蛟龍。」顯現詩人的雄心萬丈。

保定車中宿。夜大雷雨。如乘巨舟泊水雲深處。二首[39]

其一：

五、六句「擊竺過燕市，橫戈笑越吟。」以古人自況，表現經國濟民的愛國心。末四句「征衣縫未已，思婦莫停鍼。」見抗日戰爭，前線與後方總動員。

保定光園二首 曹錕故居[40]

其二：

首兩句「畫鷁沉寒綠，秋遽墮曉紅。」寫保定光園園景，一「沉」字，一「墮」字，相對為用，一「綠」字，一「紅」字對，見顏色字的運用。

---

[37] 此詩人借張衡西京賦自言。
[38] 仝注 3 卷 2 頁 13。
[39] 仝前注頁 13-14。
[40] 仝前注頁 14。

軍次崞縣前軍方與敵交綏[41]

鼓死旗殘事已休，長留遺恨滿關樓。一夫棄甲諸軍哭〔晉北守將李服膺棄雁門逃歸〕，萬骨封邱厚土愁。白雁影沉邊徼月，黃雞啼老戰場秋。荒村灑遍男兒血，野史亭成地盡頭。〔元遺山野史亭在縣北。〕

首四句寫前線軍方與敵交綏，而守將李服膺棄甲而逃，造成全軍的遺恨。「一夫」與「萬骨」用數字對。五、六句用「白雁」對「黃雞」是顏色對。末兩句寫男兒矢志報國之心。

棄雁門[42]

詩寫李服膺的棄守，令詩人感慨「萬代千齡舊戰場，幾人慷慨成奇節。」詩中有「黃沙白骨空漫漫」句，亦有顏色字亦有疊字的運用，末兩句「城頭猶是秦時月，見慣胡兒入漢關。」寫自古以來中國即為胡騎南侵的歷史事實。讀來令人不勝唏噓。

夜行軍[43]

詩中有「行行動搖萬珠玉」運用疊字，末兩句「我亦流血被踵趾，報國敢惜身萬死。」見詩人滿腔熱血，不惜為國犧牲的愛國情操。

晉東唐城鎮題壁三首〔傳為虞舜所居地〕[44]

---

[41] 仝前注頁 15。
[42] 仝前注。
[43] 仝前注頁 17。
[44] 仝前注頁 17-18。

其三：

五、六句「生愁馬革埋英骼，死倩蛾眉拭淚痕。」用馬革裹屍典。末兩句「我為文章行萬里，更尋碣石下龍門。」表現詩人從軍報國，以詩述志、紀事的志節，如前文以漁淑詩比唐代杜甫，稱為詩史，亦不為過。

垣曲道中四首[45]

其一：

末句「歲歲年年長子孫」用雙聲疊韻及疊字連用的詩法，自然無痕，更見詩人盼子孫滿堂的心願。

其二：

首句「淨掃秋堂自在眠」，寫軍旅生涯中的忙裏偷閒。次句「古藤蔭下老梅邊」，「古藤」、「老梅」見奇景。「風波只隔疏廉外，默數黃河上下船。」輕筆帶過，見詩人的奇才。

其四：

末兩句「兵車一路轔轔去，驚落山塘水荇花。」，前句用杜甫「兵車行」[46] 詩中句「車轔轔，馬蕭蕭。」意。「驚落山塘水荇花」，一「驚」字，也下得奇，寫景自然清新，自現清雅詩趣。

明夜復作一首[47]

此詩末兩句「此夕豪吟當雪霽，明朝鐃歌譜聲詩。」見詩人的

---

[45] 仝前注頁 18。
[46] 見《唐詩鑑賞》上（五南出版社出版）頁 517。
[47] 仝注 3 卷 2 頁 4。

豪氣與爭戰中不忘作詩的詩人情懷。

庚辰除夕次韻答周任侯見贈[48]

第二句「將山行處盡新詩」，詩人征戰南北，所遇皆賦詩，我們前面談到漁叔師可以比美杜甫譜安史之亂見民心，可以稱為詩史，其意在此。又下一「新」字，見漁叔師喜用「新詩」代表新意。五、六句「漠漠水天森畫戟，娟娟雲月照牙旗。」用「漠漠」對「娟娟」為疊字對，「水天」對「雲月」，一片江天月雲，海闊天空的氣象，「森畫戟」、「照牙旗」表現生活在征戰行旅之中。詩人的豪情壯志、愛國精神，日月可鑑。

辛巳春出遊銅鼓縣近郊。三首[49]

其一：

三、四句：「山靈迎逸軌，邊帥重詩才。」末兩句「平生江海客，鷗鷺不相猜。」表現詩人放逸豁達的詩心、詩才，而漁叔師的才華也獲得長官的重用與愛戴，這是漁叔師詩風清麗淡雅、自然流利的原因，與杜甫的沉鬱頓挫是有別的。

其二：

三、四、五、六句的用詞都清麗可喜，「晚芳甦蝶夢[50]，暖水縱魚心。」，「薄醉風情勝，幽偏笑語深。」用字都充滿奇氣，情趣。

---

[48] 仝前注頁 26。
[49] 仝前注頁 27。
[50] 用莊子莊周夢蝴蝶典。

其三：

三、四句「四圍森黛色，一叩起黃魂。」用「四」和「一」對，為數字對，用「黛色」與「黃魂」對，見顏色對。末兩句「何當奮淵默，力戰定中原。」一片愛國豪情，自然而興。

山中聞燕語[51]

次句「軟語垂垂花樹邊」用疊字「垂垂」寫「燕語」點題，末兩句「似說今秋不歸去，往時滄海已成田。」時海南島陷落，燕子不南歸，因家園已變，詩人借燕子表現愛國情操。而詩人多情，托物寄情的情懷自然展現。

江鳥[52]

末四句「翠羽宜自惜，滄波無限情。夜深風露下，棲穩不須驚。」詩人借江鳥寫國事方亂，然自己依然受重用，可以隨軍轉戰，故言「宜自惜」，「無限情」，因而詩人心情自然平穩無驚，這也是漁叔師心平氣定，方能做出如許好詩的原因。

早秋歸自瀏陽江畔[53]

> 風剪流雲似絮飛，更飄幽徑作霏霏。翠禽掠食穿波去，黃蝶馱香冒雨歸。晚日林坳花事老，早涼江路酒人稀。豆棚愛趁山家坐，細啜秋茶話夕暉。

---

[51] 仝注 45 頁 30。
[52] 仝前注。
[53] 仝前注頁 31。

首句用一「剪」字寫「流雲似絮飛」，足見生動，用語奇。次句用一「飄」字寫漂泊不定的動感，以「霏霏」疊字寫江畔細雨，不明言而自知。三、四句呼應首二句，用一「翠」字，用一「黃」字是顏色字的運用，給人繽紛的美感。一「去」，一「歸」詩意之耐人尋味也相當有趣，對仗精工而別緻。五、六句「晚日林坳花事老，早涼江路酒人稀。」一「老」字，一「稀」字也下得奇，含蘊詩人的無限感慨之情。最後以田家樂作收，詩曰：「豆棚愛趁山家坐，細啜秋茶話夕暉。」與蘇東坡「新城道中」[54]、王維「積雨輞川莊作」[55] 有異曲同工之妙。今錄二詩於后，以互參。

蘇東坡「新城道中」：「東風知我欲山行，吹斷簷間積雨聲。嶺上晴雲披絮帽，樹頭初日挂銅鉦。野桃含笑竹籬短，溪柳自搖沙水清。西崦人家應最樂，煮芹燒筍餉春耕。」此詩起筆有神致，三、四、五、六句鑄語神來，詩中有畫。

王維「積雨輞川莊作」：「積雨空林烟火遲，蒸藜炊黍餉東菑。漠漠水田飛白鷺，陰陰夏水囀黃鸝。山中習靜觀朝槿，松下清齋折露葵。野老與人爭席罷，海鷗何事更相疑？」首句就點題，次句寫田家樂。「漠漠水田飛白鷺，陰陰夏水囀黃鸝。」用「漠漠」、「陰陰」疊字對，又用一「白」字、一「黃」字表現顏色的美感，這兩句寫景無人能出其右，是千古名句。五、六句用一「靜」字，用一「清」字表現王維的詩風，也可見宋人喜用「清」

---

[54] 見拙作蘇東坡文選頁 30。
[55] 見《唐詩鑑賞》上（五南出版社出版）頁 207-208。

趣的美感[56]，在王維詩中已表現出來。最後以反詰語做結「野老與人爭席罷，海鷗何事更相疑？」更平添詩趣，耐人回味無窮。

漁叔師此首寫「早秋歸自江畔」，寫來絲絲入扣，寫景亦有畫意，清新自然，可以與蘇、王二詩並美。

建德癸末元日漫筆[57]

紫陌寒銷物候新，種花閒為勸農頻。催科共灑窮簷淚，_{省令催科甚急[58]}破虜初迴戰地春。多難只增詩筆健，無才還喜吏民漙。時來雲水光中坐，雪色江鷗似可馴。

詩首句以一「紫」字，點「元日」物候新，詩人下一「新」字，表「元日」，萬象更新。第二句寫種花蒔草，忙裏偷閒。「催科共灑窮簷淚」，以一「淚」字寫老百姓被催租稅的貧困窘境，與宋人比美（見注58）。「元日」即春節，戰地傳來好消息。「春」字表欣欣向榮的希望。第五句寫國家多難，詩人跟著轉戰南北，所見所聞更增詩筆的雄健，詩人自許詩筆健亦自明。蘇東坡有詩：

---

[56] 宋人喜用「清」字，以蘇東坡為著，其言畫中有詩意，特別以清字形容。（見拙作《詩與畫》（聯經出版社出版）頁 127。）尤其其名句：「詩畫本一律，天工與清新。」影響後人至甚。
[57] 仝注 3 卷 3 頁 38。
[58] 《歷代名篇鑑賞》中頁 1667，范成大「催租行」：「輸租得鈔官吏催，踉蹌里正敲門來。手持文書雜嗔喜：『我亦來營醉歸爾！』囊頭慳囊大如拳，撲破正有三百錢：『不堪與君成一醉，聊復償君草鞋費。』」這首詩八句五十六字，有情節、有人物，展現一個頗具戲劇性的場面，使人既感到可笑，又感到可怕、可悲。百姓的生活疾苦，由文字中自然可見。

「清詩健筆何足數。」可見漁叔師作詩善於化古為用。[59] 末兩句宕開一筆，不談國事，寫坐看「雲水光」中景，看雪白的「江鷗」溫馴的可愛。與首句「新」字相呼應。詩人的詩才真是令人無可言喻。

癸未立春小築儀陸精舍落成[60]

第五、六句「江岸早銜鷺白鷺，屏山春睡倚烏龍。」銜齋枕，烏龍山麓 用一「白」字和一「烏」字相對，見顏色字的運用。末兩句表現清麗之景，「閒中風味清無比，聽打西南雪後鐘。」用一「清」字，寫閒情逸致，詩風清新。

富春懷人詩五首[61]

其一：

宗子威教授 時為湖南大學教授，當共唱和。迄未謀面。

末兩句以杜甫比宗子威，「杜陵身世顛危甚，何處重尋舊草堂。」寫懷人也生動有情致。

其二：

梁濟康 為天台令，有能名。

首兩句「偉貌疏髯顧視雄，縱橫材藝亦多通。」寫梁濟康有才能，末兩句「等閒一令垂垂老，自寫新詞署散翁。」用疊字「垂垂」表「垂垂老矣」之感歎，末句振起，老而彌堅，猶能「自寫新

---

[59] 見注 105 卷 6 頁 9，「送文與可出守陵州」一詩。
[60] 仝注 3 卷 3 頁 39。
[61] 仝前注頁 40-41。

詞。」詩人的宅心厚道,自然可見。

其三:

吳壽彭 _{時方任浙西專員,每按部,布襪青鞋,狀如老儒。}

首句「布襪青鞋與拙宜」,寫吳壽彭的淡泊守拙,次句「江山行處盡真詩。」,寫詩人與吳壽彭心有戚戚焉,皆以寫詩為樂。

其四:

黎爾穀 _{湘潭黎文肅,公培敬之孫,薇蓀太史姻丈之子。}

由師自註知詩人與黎爾穀為世交,故首兩句言:「論交三世百年還,風義平生出肺肝。」可見是肝膽相照之至交,末兩句自況,寫已有詩名,然而作詩的才華,終要終老戰場嗎?

由以上詩,可見漁叔師不僅擅於以詩寫景、敘事而且描寫人物亦生動,有情有味。

最後,對日抗戰結束。有詩「喜聞受降三首」[62],其一有「苦戰生靈盡,奇勳史冊無。」

其二:

「蘊孽從天發,罹殃舉世驚。浪烹星海沸,霆裂地維傾。」倍言抗戰的辛苦。

最後,敘述抗戰勝利後的詩[63]。

暮春由南京至蘇揚道中作三首[64]

---

[62] 仝前注頁 42-43。
[63] 此時由卷 3 頁 43「先芬篇並序」開始,至頁 53 卷末,為勝利後至大陸淪陷時所作詩,共 28 首。
[64] 仝前注頁 45。

其三：

　　哀樂中年一醉休，臥閒歌吹過揚州。眼前家國無窮事，付與金焦兩點愁。過鎮江詩寫國家萬方多難，一己之力亦回天乏術，只有愁緒滿懷。

老兵行並序[65]

為七言古詩，見漁叔師的工力，寫老兵自述征戰之苦。末兩句「無窮憂患催頭白，哭斷鍾山百不聞。」見詩人的憂心國事與無奈。

題黃忠壯公雙魚圖詩幅並序[66]

（序略）、詩亦略，蓋此為《花延年室詩》首見之題畫詩[67]，可見漁叔師詩畫兼具的才華與興趣。師末兩句寫雙魚圖，把雙魚比喻為白龍，詩曰：「春雷一夜生鱗甲，定化延津兩白龍。」用俗典鯉魚跳龍門意。

還湘潭家居。時時刺船出遊。意將終老水鄉。作詩抒懷。[68]

詩末兩句「獨笑對滄浪，餘情付葭菼。」詩人的寂寞與無奈，表現無疑。

---

[65] 仝前注至頁 47。
[66] 仝前注頁 47-48。
[67] 題畫詩為觀畫起興所作之詩，唐李杜形成氣候，影響宋元明以後之詩人與畫家，見拙作《唐代文人題畫詩輯》（靜宜人文學報 81 年 6 月出版）頁 1 至頁 4。
[68] 仝前 63 頁 48-49。

戊子立春日大雪。對庭前老梅作。[69]

漁叔師喜梅、愛梅之情，前文已言之，今觀其書老梅詩。「癯仙怨我輕離別，十年不見花時節。湖海逢春每未歸，辜負空庭兩株雪。<small>前庭梅花二株先君手植</small>今年人比春歸早，誰知花亦隨人老。虬枝如臂榦如身，且喜神姿更娟好。山中雪大生古春，鮫鮹剪碎招春神。但願年年春早到，不辭長作看花人。」

首句擬人化，次句以後敘事，至「誰知花亦隨人老」見物我合一之情，「虬枝如臂榦如身，且喜神姿更娟好。」此兩句寫老梅，梅要老、怪、奇才見其妙，漁叔師用「更娟好」來寫老梅，可謂得心之作。末四句寫喜梅、愛梅之情。

晚秋西湖遠望[70]

秋老江南花事空，只餘烏　醉西風。湖亭昨夜霜初過，似墨寒鴉噪冷紅。

首兩句寫晚秋遠眺西湖之景，秋天是落花時節，故用一「空」字寫之。末兩句用一「霜」字、一「墨」字、一「紅」字表現紅、黑、白的晚秋美感，一「寒」字，一「冷」字亦下的奇。詩人的詩才，自然可見。

最後，青島軍次得海濱小園居之。頗有花木之勝。其明年國事亦敗壞不可為，行將他去，聊綴二篇。[71]

---

[69] 仝前注頁 49。
[70] 仝前注頁 51。
[71] 仝前注頁 52-53。

其一：

末兩句「仰首視屋椽，寒涕方滿頤。」寫將棄甲他去的無奈。

其二：

末四句「茫茫東海頭，欲去當何之。無為苦留連，但過落花時。」寫大陸淪陷，國軍將東歸台灣寶島。漁叔師是非常愛神州大陸的，故有「欲去當何之，無為苦留連，但過落花時。」的感興。

丙、卜居台北的詩：[72]

漁叔師的詩風，師法唐宋人筆意，自成一格，清新婉麗，耐人尋味，具有古典詩的含蓄美。由前文亦已可知，底下我們只做總述，不再逐一賞析，以免增加篇幅。

甲、日常生活的酬唱之作：

如：「曾今可近作頗進，含老稱之。因亦次韻一首。」[73]

「讀煜如含光二老茗坐用前韻唱酬之作。次呈。兼寄魯恂丈。」[74]

「次韻含光老人七月暮植物園看荷花。」[75]

「和醇士洗兒。」[76]

---

[72] 此時（即民國 38 年至漁叔師謝世之民國 61 年間所作詩。），見《花延年室詩》卷 4 頁 55「初至台灣卜居台北己丑七月」一詩開始，至卷 8 頁 141「新春出遊近郊」止，共 274 首。
[73] 仝注 3 卷 4 頁 64。
[74] 仝前注卷 5 頁 82。
[75] 仝前注卷 6 頁 76。
[76] 仝前注頁 97。

乙、題畫詩：

如：「題謝蘭生畫山水冊」[77]

「題勺湖課子圖為顧季高教授作。」[78]

「題作梅畫象。」[79]

「題沈達夫同社百家書畫展。」[80]

「自題畫梅贈何緯渝博士。」[81]

「韻清屬題長恨歌圖冊。」[82]

「盧聲伯故山別母圖題詞二首。」[83]

「題吳子深畫蘭。」[84]

「題黃河萬里圖卷」[85]

丙、雜詩：

如：「癸巳雜詩三十首。」[86]

「雜詩八首。」[87]

「戊辰歲暮雜詩八首。」[88]

---

[77] 仝注 3 卷 7 頁 106。
[78] 仝前注頁 116。
[79] 仝前 3 卷 8 頁 125。
[80] 仝前注。
[81] 仝前注頁 127。
[82] 仝前注頁 130。
[83] 仝前注頁 131。
[84] 仝前注頁 137。
[85] 仝前注頁 136。
[86] 仝注 3 卷 5 頁 69。
[87] 仝注 3 卷 6 頁 9。
[88] 仝注 3 卷 8 頁 136。

丁、與上庠子弟遊之詩：

如：「丙午春赴雙谿。觀清故宮舊藏唐六如畫。及乾隆文玩。賦示同遊王熙元、黃永武、朱玄、三學博。」[89]

「己酉孟夏。熙元、良樂、慶萱、永武、明勇、夢機、昭旭、信雄、金昌、諸君。攜酒招遊台北近郊圓通寺。以一觴為壽。賦謝。」[90]

此時漁叔師與成惕軒、張默君、張魯恂、彭醇士、江絜生、陳含光、沈尹默、陳定山、王壯為、張大千、吳子深、魯實先等詩、書、畫兼善的詩人、畫家、書家遊。[91]

魯實先師為師大文字學大師，又講授史記。

成惕軒師為駢文大師。

吳子深師當時與張大千齊名，工畫山水、蘭、竹的大師，為保存元明人畫法的傳統畫家，工力深厚，山水水墨、著色兼工。蘭竹尤為出色，無人能出其右。

漁叔師有詩一首題其畫蘭[92]，以空谷幽蘭稱之，有別與一般凡花。畫蘭得文衡山徵明神髓，更勝於鄭板橋。

漁叔師晚年以講學為樂，有詩「華岡講舍即事」[93]，詩末兩句曰：「鳴絃默會綢繆意，來共書堂笑語深。」其作育英才，以教學為樂之精神，由此詩可知。

---

[89] 仝前注頁 127 至 128。
[90] 仝前注頁 137。
[91] 見花延年室詩卷 4-8 所作。
[92] 見注 81。
[93] 仝注 3 卷 7 頁 119-120。

以上為李漁叔教授之詩學。

二、懷念故鄉大陸——三臺詩傳[94]

此書乃漁叔師為早期台灣詩社[95]的詩人為之立傳的書，表現台灣人在異族（日本人）的統治下，有不忘祖國文化，自組詩社，互相酬唱，互抒熱愛祖國大陸的情懷，詩人重要的有邱逢甲、連雅堂（橫）諸人。

漁叔師心繫大陸，有對聯鏤刻在日月潭玄奘寺樑柱上，其上聯曰「辯才噤萬口無聲，靈爽歸來，域外寒潭迎聖骨。」其下聯曰：「禪唱遍四六皆應，慈暉永駐、濤頭孤艇接圓音。」域外即指神州大陸之外的台灣。[96]

此聯表現漁叔師身在台灣，心繫神州大陸。「域外寒潭」指神州大陸之外的台灣日月潭。「迎聖骨」指迎接玄奘大師的舍利子。由於漁叔師懷念故鄉大陸的情懷，始終不變，所以才為文寫《三臺詩傳》，為台灣古典詩人熱愛祖國大陸的詩人立傳。這是詩人愛屋及烏，為台灣文化做出一大貢獻的千古佳話。也是漁叔師的學術貢獻之一。

---

[94] 《三臺詩傳》或稱《三臺詩話》，出版於 1976 年。民國 65 年。台北學海出版社出版，亦另有手稿影印本。
[95] 即創作古典詩，現今民間亦盛行，別稱為漢詩。
[96] 見 85 年 1 月文史哲出版社出版的《戴麗珠散文作品》一書，第一篇遊湖一文，頁 1。

三、墨子的譯註與對墨經研究的學術貢獻：

漁叔師喜歡墨子，對墨子作譯註，在大學開課講授墨子，他的「墨子今註今譯」[97] 據同門師姐王冬珍教授的後記言，王教授為漁叔師整理遺稿，漁叔師已作了十分之九，其書經王教授的整理與補述而出版。此一書亦為漁叔師的學術貢獻之一。

除了譯註之外，漁叔師對墨子的學術貢獻，還有另外二本著作，三篇論文。

甲、墨辯新注：[98]

自序言：「則墨經微言大義，必賴之而益明。……作辯經以立名本……命曰墨辯新注，用以志紹述者希慕之深也。」

說明漁叔師著作此書的重要性以及他著此書表示對墨子的希慕之情。[99]

乙、墨子選注：[100]

由凡例二：見漁叔師自言此書是供治墨學者參考之用。

由凡例三：言各篇注釋，全用語體文，以明白簡要為主，篇中要義，均經注[101] 詳加考釋，絕無含混不明，拖沓冗長之弊。至於大取一篇，最為難讀，從來即無訓釋之文，亦經逐句以語體文繹

---

[97] 此書為中華文化復興運動推行委員會，國立編譯館、中華叢書編審策員會主編，1974 年（民國 63 年）台灣商務印書館出版。
[98] 見 1968 年（民國 57 年）台北，台灣商務印書館出版。
[99] 自序言墨辯新注之名，出自清代學者，以為注解墨經的新解。
[100] 見 1977（民國 66 年），台北，正中書局出版。
[101] 指漁叔師。

出，學者一見即能理解。

丙、論文：[102]

1、墨家兼愛的真詮。

2、墨子的辯學。

3、名墨兩家異同辨

由以上著作，漁叔師對學術的貢獻，自然可知。

四、散文的創作：[103]

漁叔師的散文著作，有《魚千里齋隨筆》與《風簾客話》二書。《風簾客話》已亡佚，今不可考。只取《魚千里齋隨筆》的內容淺述之。

卷上內容包含為人立傳、記之文，特別的是有幾篇論文學與藝術的文章，如：「泛論文筆」，「論詩的情與意」，「姜白石的考釋學與詩」，「梁節庵其人與詩」，「齊璜[104] 詩與印」，「述印」，「松鶴圖」。

卷下內容主要為對大陸人、事、物的追記，比較特別的有兩篇，一為談龍，一為龍與蛙。另此書另有附錄，有序、記、書、跋、憶等文。

---

[102] 見漁叔師之女李允安博士所藏之手稿。
[103] 一為 1968 年（民國 57 年），由彰化市，大西洋出版社出版的《風簾客話》，此書今已亡佚。一為 1970 年（民國 59 年）台北，台灣書局出版社的《魚千里齋隨筆》一書。此書另有 1981 年（民國 70 年）台北縣，文海出版社出版的版本。
[104] 即清末民初的大畫家齊白石。

可知漁淑師學問廣博，其散文創作，依內容而言屬雜文體。

五、墨梅與褚字：[105]

漁叔師善畫墨梅，清新淡雅。我曾見其畫數枝梅花，直上雲霄。他自己有詩言之，今錄於后：

自題畫梅贈何緯渝博士[106]

「一枝直上倚青空，數點能參造化功。不似人間園囿裏，凡花低首拜春風。」

寫梅一枝獨秀。

此外，漁叔師又擅書法，學唐代褚遂良，自成一格，有別於北平莊尚嚴師的瘦金體；書風秀麗清絕，風格孤傲弩張。

六、結論

漁叔師一生守節不移，致力於中華文化的宣揚，不遺餘力。晚年字號漁叔居士、墨堂老人。除上庠弟子外，只與道光法師等人遊。詩可以比美彭醇士，書法可以與陳含光並駕[107]，散文流利清雅，自成一格，無人能出其右，畫也為其人其志節的表現。在台的師長輩，除了臺靜農老師以外，無人可以與之匹配。

其所著《花延年室詩》見1960年（民國59年）台北、學海出

---

[105] 漁叔師擅畫墨梅，今存真蹟，在其女李允安所藏；漁叔師又兼擅書法，其書法學唐褚遂良，別成一格，漁叔師給了我幾幅他寫的字。今取墨梅兩幅，法書對聯一幅附於文章之後，以饗讀者。
[106] 見注78。
[107] 他生前自許如此。

版社出版,台灣學生書局總經銷。

附錄　自然景觀與雕塑——以靜宜大學校園為例

　　一進入靜宜大學的大門，迎面而來是一片廣袤圓形的大草坪，草坪上矗立著一座座美麗的雕像，有神話中的希臘天神，有鄉土氣息的美女、母與子、也有生活化的小朋友追逐騎單車的小孩、更有抽象的景觀造型——大型的對話（左右相同圖案、相稱並立），造型之美與圓融，自然在天地間閃爍美的光彩，在綠樹與草坪的襯托下，大學生悠遊其中，恍如進入一座美麗的雕塑公園，帶來人與自然與藝術美的結合。[1]

　　不僅如此，校園各處，舉凡 7-ELEVEN 與伯鐸樓之間、蓋夏圖書館與行政大樓之間、任垣樓的四樓平台、國際廳的正對面都有雕塑；利用不同的素材（鐵、石雕、石膏、彩色銅片等），組合而成一尊尊美麗、活潑、瑰奇、充滿生生不息、生命力與希望的雕像，與師生生活打成一片，這是人與美與力的結合。[2]

　　不只靜宜，最早將雕塑與自然結合的雕塑家是楊英風，他的作品聳立在圓山的台北市立美術館以及其他各地；最近媒體報導，台南市市長推出的好望角計劃，也是綠化自然景觀並結合民間雕塑

---

[1] 請看靜宜一進入大門口的校園。
[2] 請到所提出的各處走走看看。

家,在台南市市區擺出一座座雕塑作品。[3]

此外,也有建商商請石雕家王秀杞,為他們的庭院景觀,擺上一座座溫馨、圓潤的石雕作品,以來美化自然環境,也帶動商機。藝術與自然、社會、人文、生活的關係,密不可分,由此可見人文、社會、自然與藝術跨領域結合的事實。[4]

台中市的自然景觀與雕塑結合的地方,還有文化中心旁的梅川溪,雖然雕塑不多但景觀優雅,也不可不談,因為他代表人為的藝術美。[5]

底下我們附上靜宜大學自然景觀與雕塑、人文結合的圖片,以供讀者了解。[6]

---

[3] 三月的新聞報導。
[4] 仝注 3。
[5] 見文化中心旁梅川溪的整建與美化。
[6] 見附圖 1～附圖 17。圖 1～圖 7 為置放在校門口大草坪的雕塑,圖 8 置放在 7-ELEVEN 與伯鐸樓之間的雕塑,圖 9 置放在伯鐸樓中庭的聖母像,圖 10～圖 11 置放在蓋夏圖書館與行政大樓之間的雕塑,圖 10 二置放在伯鐸樓旁的紀念雕塑,圖 13～圖 17 置放在任垣樓各層的雕塑。

附錄　自然景觀與雕塑──以靜宜大學校園為例 | 89

圖 1

圖 2

圖 3

圖 4

附錄──自然景觀與雕塑──以靜宜大學校園為例 | 91

圖 5

圖 6

附錄──自然景觀與雕塑──以靜宜大學校園為例│93

圖 7

圖 8

圖 9

附錄──自然景觀與雕塑──以靜宜大學校園為例│95

圖 10

圖 11

96 | 文學與美學的交會

圖 12

圖 13

圖 14

圖 15

附錄──自然景觀與雕塑──以靜宜大學校園為例 | 99

圖 16

圖 17

由以上圖文，可見藝術與自然、生活的結合，給人文帶來美的氣息，增加校園生活靜態的美感，在大自然動態與師生（人群）動態的穿梭中，展現人文、社會、自然與藝術的結合的力與美。

　　帶給生活在靜宜這樣的大學中的師生，一個美麗與青空，碧草與綠樹，人與雕塑，充滿自強不息的生命力、成長力，與向上鼓舞的生活目標，帶動學校美與力的生活情趣，增加校園整體的美。

　　人文、社會、自然與藝術跨領域的整合，在靜宜大學校園生活中，展露無遺，令人吟詠不已。

附錄　淺談曲水流觴、文人雅集

提要：

　　暢論晉大書法家王羲之於浙江紹興之蘭亭所舉行的文人雅集的源流與所用酒器羽觴的典故出處。並說明這發生於古代的文人雅趣於西元 1973 年癸丑年於台灣、台北的故宮博物院，亦由當時的故宮副院長莊尚嚴先生（北平人）製作木製的羽觴，在台北、外雙溪故宮博物院後山亦再舉行過一次詩人的雅集。

一

　　酒是人類抒懷遣性的良藥[1]，不只古人，也不僅是讀書人，只要是懂得放鬆一下自我，使思緒更清明者，就懂得去欣賞酒。

　　自從傳說中，儀狄[2]以米與水釀造了香醇甘美的飲料，令禹大醉一日一夜[3]，並有杜康[4]以秫作酒以後；酒成為中國人不可或缺的生活必需品之一。

　　甚至於可以說，在古代的中國，最熱烈讚頌酒的時代，也就是

---

[1] 陶淵明有〈飲酒詩〉二十首。
[2] 中國人會造酒從夏人儀狄開始。
[3] 見中國的神話傳說。
[4] 曹操〈短歌行〉：「對酒當歌，人生幾何？……何以解憂，唯有杜康。」

人性最率真、最坦誠的時代[5]。

中國人不僅最懂得飲食,也最懂得飲酒。自古為了飲酒,所造的飲器,光是青銅製品,就已不下一、二十種,何況,還有漆器、金銀器以及陶瓷器等。名目、種類繁多,實在不勝枚舉[6]。

中國人在飲食上之講究,並非泥古不化的頑固,也不是奢侈自大;而是一種文明的、自然的、文化性所使然的進步。

也許隨著文明器用的演化,形式或許會變樣,甚而消失,而其文化素質,卻會依附新的產物,而依然流存下去,一代一代更新[7]。像文人雅集時的文酒會——修禊,即是如此。

二

談到修禊,必得提及王羲之有名的雅集[8],時間是東晉穆帝永和9年3月3日(西元353年),地點在會稽(浙江紹興)山陰之蘭亭,人物有王羲之等一時俊彥共41人;因為是屬於文人們的詩酒嘉會,因此必得飲酒;而且也有它傳統的儀式[9]。

那是與會諸人群集於一水勢不湍不急之水流邊,酒杯自上流泛波飄來,浮於水面,飲者交相自取,罄盡後,還杯水上,任其自行流逝;所以,呼名為「流觴」[10]。

---

[5] 晉陶淵明為代表,唐李白承之。
[6] 請看北京、台北故宮博物院,兩院的收藏。
[7] 《易》云:「苟日新、日日新、又日新。」
[8] 見王羲之〈蘭亭集序〉一文。
[9] 就是曲水流觴。
[10] 台灣・台北・外雙溪後山,現今還刻有「流觴」二字的刻石遺址。

這情景下，所用的酒器，也是較為特殊的，形式是橢圓形、質地極薄極輕、杯兩邊有耳翼，漂浮水面，而且可以保持平衡的「羽觴」[11]。

三

其實，修禊是上古時代，先民為祛除災禍，祈求幸福的一種祭儀，亦作祓禊[12]。

《說文》：「祓，除惡祭也。」

《玉篇》：「祓，除災求福也。」

《廣雅》〈釋天〉：「禊，祭也。」

《集韻》：「禊，上巳祭名。」

《風俗通》〈祀典〉：「禊者潔也。」

清朱駿聲《說文通訓定聲》：「禊即祓也。」

《周禮》〈春官〉：「女巫拿歲時祓除釁浴。」

由以上記載，又可以瞭解，此祭祀本來在三月，第一個逢巳的日子舉行（農曆），所以定名為上巳。祭祀的形式，乃是沐浴洗潔。

這種習俗在今日依然可以見到，比方 5 月 5 日端陽節，台灣民間於祭拜後尚時興以蒲草煮水，為小孩沐浴，以祛邪避災。

---

[11] 見後文敘述，為酒杯。
[12] 見下文說明。

四

　　修禊的習慣在晉以前,已經存在,是不必懷疑的[13]。

　　《論語》〈先進〉云:「暮春者,春服既成,冠者五、六人,童子六、七人,浴乎沂、風乎舞雩,詠而歸。」

　　寫初春出郊浴詠的痛快記載。

　　而對於這個習俗,史籍上更有記載[14]。

　　《史記》〈外戚世家〉云:「武帝禊霸上。」《集解》引徐廣曰:「三月上巳,臨水祓除謂之禊。」

　　《漢書》〈外戚傳〉曰:「帝祓霸上。」孟康注:「祓,除也。於霸上自祓除,今三月上巳祓除也。」

　　益加說明三月上巳的修禊,必定在水邊舉行。

　　又《晉書》、〈禮志〉有:「漢儀,季春上巳,官及百姓,皆禊於東流水上,洗祓濯除,去宿垢;而自魏以後,但用三日,不復用巳。」

　　清晰地,告訴我們,淵源於上古的春季洗滌習俗[15],在漢代,依然是無論官民朝野,上下痛快地,聚在水邊,洗刷經冬的宿垢,以迎接盎然的春意。

　　並且指出,自魏以後,但用3月3日,已不拘於巳日;但依然名之為「上巳」。

---

[13] 是中國上古北方先民的生活習俗,見於《論語》〈先進篇〉,後有引文。
[14] 見後面的引文。
[15] 見注13。

五

到了晉室東遷,有著袚除祈福的禊祭,由於文明益進,已演變成「流觴曲水」、「一觴一詠」,詩酒暢敍的幽情了[16]。

以羽觴行酒的習俗,秦漢以前即有之[17]。

《楚辭》〈招魂〉:「瑤漿密勺、實羽觴些。」

《漢書》〈孝威班捷仔傳〉:「顧左右兮和顏,酌羽觴兮消憂。」

張衡〈西京賦〉:「促中堂之陿坐,羽觴行而無算。」

事實上,《晉書》〈束皙傳〉,更坦率地指出三月上巳的曲水流觴,自周公已開其端[18]。

《晉書》〈束皙傳〉:「武帝問三月曲水之義,皙曰:昔周公城洛邑,因流觴泛水。故逸詩云:羽觴隨波,其來久矣。」

這個記載,到宋代竇苹《子野纂酒譜》一書時,被引為逸詩云:「羽觴隨波流,後世浮波疏泉之始也。」

我們雖不必一定說「流觴泛水」始自周公,然而,其由來甚古,是可以窺知的。

在魏晉時,「流觴泛水」,已是一種普遍風行的流俗[19]。

顏延之〈三月三日曲水詩序〉云:「肴籟芬籍,觴豓泛浮。」

謝朓〈曲水宴詩〉曰:「灞滻入筵,河淇流阼,海若往來,觴肴沿沂。」

---

[16] 即王羲之的蘭亭雅集。
[17] 見《楚辭》〈招魂〉等文字記載,後有引文。
[18] 見《晉書》〈束皙傳〉所云,後有引文。
[19] 除王羲之的〈蘭亭集序〉以外,顏延之、謝朓都有詩歌詠其事。見後面引文。

由以上諸詩,都可以見知,在彎曲小溪旁、行酒野宴、與林花綠水相遨遊的樂趣。

六

觴是盛著酒漿的酒器,《說文》云:「觴,實曰觴,虛曰觶。」

《詩經》〈周南〉、〈卷耳疏〉云:「一升曰爵,二升曰觚,三升曰觶,四升曰角,五升曰散,總名曰爵,其實曰觴。」將古代盛酒器皿,解析得很清楚。

本來,觴是一種已滿盛著酒漿的酒器,與一般空的酒器是不同的;在古代它被用來泛水行酒的,這又可以由至今,我們依然常用的濫觴一詞見知。

《孔子家語》〈三恕〉云:「夫江始出於岷山,其源可以濫觴。」

水的源頭,流勢平緩如鏡,所以,可以用來泛濫行觴;後來,就將它引用做一切事物的源始。

以觴泛水行酒的習俗,在古代中國,很早就有了;為了要使載酒的觴,能在水面中,平穩的划行,它的構造,自然與一般的酒器不同,這是前面已談到的;乘著春風,在水面,泛泛而來的觴,就好像天空中,翱翔、平展雙翅的鳥兒一般,所以呼為「羽觴」。先民春郊戲水同樂的歡愉,也彷彿依稀可見。

到了唐代,羽觴或許已不專用來泛水,已與一般酒器相同[20]。

李白〈春夜宴桃李園序〉[21]云:「開瓊宴以坐花,飛羽觴而醉月。」

---

[20] 見後文所引李白詩。

至北宋以後，不但不再飛羽觴，羽角二字也少為人用。

結語：

　　現今可見的羽觴，據北平莊尚嚴先生生前言：「銅的羽觴，在《西清續鑑》一書中，曾有言錄；玉的羽觴，在美國華盛頓、佛利爾博物館，藏有一件。漆的羽觴，民國 27 年（西元 1938 年）長沙出土頗多。《商承祚著長沙古物聞見記》，卷上有詳細記錄；台北故宮博物院也收藏一件。另外，韓國、樂浪漢墓，也出土不少羽觴。」

　　長沙馬王堆出土的羽觴，即是西漢漆製羽觴。內部漆以朱色，耳翼與器皿口緣四周，以及反面，則全以黑漆為底，加飾雲形的簡單文樣。表現漢代漆器的完美、巧麗。

　　「曲水流觴、文人雅集」，距離王羲之當年的蘭亭雅集已是 1652 年，即使是前度台北・士林・外雙溪，流水音癸丑修禊，也已倏忽 32 年。

　　由於中國、浙江、紹興，發生過如此動人的文人雅事；因緣羽觴及修禊，引發筆者此文，亦僅能用資緬懷古人樸質的優良習俗了。

---

21 題目一曰：「春夜宴從弟桃花園序」，見安旗主編，巴蜀書社印行的《李白全集編年注釋（下）》，頁 1905-頁 1906。

附錄　如何學習古典文學

　　古典文學不論韻文或非韻文，和現代文學最大的不同，在於音韻鏗鏘，具有節奏。我們舉《詩經》〈關雎〉，來分析：

> 關關雎鳩，在河之洲。
> 窈窕淑女，君子好逑。
> 參差荇菜，左右流之。
> 窈窕淑女，寤寐求之。
> 求之不得，寤寐思服。
> 悠哉悠哉，輾轉反側。
> 窈窕淑女，鐘鼓樂之。
> 參差荇菜，左右采之。
> 窈窕淑女，琴瑟友之。
> 參差荇菜，左右芼之。
> 窈窕淑女，鐘鼓樂之。

　　《詩經》是以四言為主的整齊詩式，所以音韻平和，但是它的動人在於整首詩分成三章，反覆歌詠，我們說它一唱三嘆，迴環的音韻是它遺留給後人的動人美感。

　　此外，我們舉北宋大文豪蘇軾〈答謝民師書〉一文來看：

> 近奉違，亟辱問訊，具審起居佳勝，感慰深矣。軾受性剛簡，學迂材下，坐廢累年，不敢復齒縉紳。自還海北，見平生親舊，惘然如隔世人，況與左右無一日之雅而敢求交乎？數賜見臨，傾蓋如故，幸甚過望，不可言也。

時而短句，時而長句參差，情感自然，音節嘹亮。

古典文學是音樂的文學，在戲曲中更表現得淋漓盡致，我們舉元喬吉〈中呂山坡羊〉〈寓興〉來欣賞：

> 鵬摶九萬，腰纏萬貫，揚州鶴背騎來慣。事間關，景闌珊，黃金不富英雄漢。
>
> 一片世情天地間。白，也是眼。青，也是眼。

音韻自然，曲味十足。

自然古典文學具有音樂性的特色，不只詩歌，古文和戲劇，在小說也一樣。

唐傳奇和元、明、清的章回小說以詩人眼光觀察生活，用小說的形式抒發感情。

小說中的音樂美感，自不待言。

所以學習古典文學和現代文學最大的不同，就是要朗誦。

無論詩，詞，曲，古文，小說或戲劇在閱讀時，要大聲地朗讀，現代文學除了詩，需要朗誦以外，其他可以默默閱讀，而古典文學在學習時非朗朗上口不可。

朗誦可以將韻文或非韻文的情感和氣勢，清晰地表現出來，學

習者也可從中領會文章的涵義，增加閱讀的趣味。

　　古典文學的另一特色是具有繪畫性，古典文學是繪畫的文學，我們舉蘇軾〈新城道中〉，一詩來解析：

　　　　東風知我欲山行，吹斷簷間積雨聲。
　　　　嶺上晴雲披絮帽，樹頭初日掛銅鉦。
　　　　野桃含笑竹籬短，溪柳自搖沙水清。
　　　　西崦人家應最樂，煮芹燒筍餉春耕。

　　第3、4句和5、6句描寫早行向上，遠眺的景色，風日晴朗，以及平視的景象，水清沙白，桃柳爭春，語句自然，而有畫意，讀來令人生意蓬勃，身心舒暢。

　　這是不含顏色，水墨白描的寫景詩，也有含有顏色字的詩。如唐王維、李白、宋蘇軾、歐陽修、元白樸等人的作品。

　　如王維〈田園樂〉：

　　　　桃紅復含宿雨，柳綠更帶春煙。
　　　　花落家僮未掃，鶯啼山客猶眠。

　　用桃花紅，柳絲綠，給人繽紛的顏色感，　整首詩帶來美麗的繪畫意境。

　　如歐陽修〈再至汝陰〉：
黃栗留鳴桑椹美，紫櫻桃熟麥風涼。
朱輪昔愧無遺愛，白首重來似故鄉。
　　黃、紫、紅、白，是明亮的顏色字，再配上乳白或紫色的桑椹，

黃色的麥子。虛實相濟,在明言與暗示之間,把詩的意境與情調,整個烘托出來。

再如白樸雙調〈沉醉東風〉·〈漁父詞〉:

黃蘆岸,白蘋渡口,綠楊堤,紅蓼灘頭,雖無刎頸交,卻有忘機友,點秋江,白鷺沙鷗,傲殺人間萬戶侯,不識字,煙波釣叟。

黃、白、紅、綠,實色與虛色把整個江岸,渲染得繽紛燦爛,再用白鷺沙鷗點忘機友,將遺世而獨立的漁翁,寫得神靈活現,令人羨慕。

古典文學的顏色性,使文學充滿繪畫的美感,但是除了詩歌以外,古文的繪畫美感,也是表現得很動人。

我們舉《莊子》和《史記》來看:

《莊子》〈逍遙遊〉有一段寓言,充滿繪畫美感。

藐姑射之山,有神人居焉,肌膚若冰雪,綽約若處子,不食五穀,吸風飲露,乘雲氣,御飛龍,而遊乎四海之外,其神凝,使物不疵癘,而年穀熟。

文字美感具體表露,且充滿出塵之思。

另外,《史記》〈刺客列傳〉荊軻刺秦王的生動文字,更是充滿繪畫性。

荊軻奉樊於期頭函,而秦舞陽奉地圖匣,以次進。至陛,秦舞陽色變振恐,群臣怪之。荊軻顧笑舞陽,前謝曰:「北蕃

蠻夷之鄙人，未嘗見天子，故振慴。願大王少假借之，使得畢使於前。」秦王謂軻曰：「取舞陽所持地圖！」軻既取圖，奏之。秦王發圖，圖窮而匕首見。因左手把秦王之袖，而右手持匕首揕之，未至身，秦王驚，自引而起，袖絕；拔劍，劍長，操其室。時惶急，劍堅，故不可立拔。荊軻逐秦王，秦王環柱而走。群臣皆愕，卒起不意，盡失其度。

　　上段文字，把荊軻刺秦王的史實，歷歷如繪地描繪在讀者眼前。所以學習古典文學，必定在朗讀時，要保持一顆空靈明淨的心，讓語言文字馳騁於其勾勒出來的繪畫美感的想像空間，這樣要領會文義，自然能得心應手。

　　古典文學是一個抒情的世界，而這個世界卻是充滿祥和、含蓄、尚善及樂觀的。在介紹它以前，我們必須了解古典文學是一個詩和文的世界，古典文學有四大部門，即詩歌、散文、小說、戲劇，但是古典小說，實際上乃是散文的演變，散文的擴充，至於古典戲劇，始終沒有脫離詩歌的範圍，它不像現在的話劇，全是歌舞劇，它所歌唱的就是詩，像元朝的散曲、明朝的戲曲，都是詩，所以文與詩，就包括整個古典文學的全部，古文除開章奏、策論等一類應用文之外，大多抒情。詩歌則是抒情為主，所以古典文學是一個抒情世界，這個世界追求的是祥和、含蓄、尚善、樂觀。《禮記》〈樂記〉有和平中正的話，和平中正四字正說明古典文學追求祥和的意旨，和平中正的審美觀念，表現古人追求祥和的世界觀，至於含蓄、尚善、樂觀是古典文學的另一特色，古人講含蓄美，追求高尚的品格，表

現樂觀的精神,我們看李後主的詞:

> 落花流水,春去也,天上,人間。
> 離恨恰如春草,更行更遠,還生。

字裡行間,涵蘊豐富的想像,令人吟詠不盡。

詩歌具有豐厚的情味,不明白講出,不直接表現,蘊涵在字裡行間,很耐人尋味。至於小說和戲劇,同樣具有這種含蓄美,如婉而多諷的儒林外史和耐人諷誦的紅樓夢,都充滿令人百讀不厭的含蓄美。古典文學表現尚善態度的作品和作家也很多,例如:堅持美好的政治理想和不斷培養自己美好人格的屈原,不畏懼權勢的李白,他們的作品都充滿令人喜愛的清新高尚的美感。追求美好的情操,是古典文學動人的地方,學習者必須了解這一點,才能體會它的美感。

樂觀的精神,表現在小說和戲劇上十分明顯,古典小說和古典戲劇,都以喜劇作結尾,至於詩歌像陶淵明的〈歸園田居〉五首其一:

> 少無適俗韻,性本愛丘山。
> 誤落塵網中,一去十三年。
> 羈鳥戀舊林,池魚思故淵。
> 開荒南野際,守拙歸園田。
> 方宅十餘畝,草屋八九間。
> 榆柳蔭後簷,桃李羅堂前。

> 曖曖遠人村，依依墟里煙。
> 狗吠深巷中，雞鳴桑樹巔。
> 戶庭無塵雜，虛室有餘閒。
> 久在樊籠裡，復得返自然。

雖然是隱居，出世，但並不厭棄人生，反而是對大自然和田園生活的喜愛，充滿生意盎然的田野生活的樂趣。

像蘇軾被貶謫到海南島，卻寫出：

> 九死蠻荒吾不恨，茲遊奇絕冠平生。

這樣堅強，樂觀的詩歌，

我們體會古典文學的特色和精神，才能掌握它的精義，這樣我們在朗讀時自能盡心去看，去賞，去創作。

這篇文章是教學的心得，文章很短，沒有註解，不是學術論文。但今天在此發表是因為已經寫好，也是為學生寫的，因此就不忌諱了。而文章的題目可以讓每位教古典文學的老師都可以有自己的看法發表意見。所以我也希望各位老師，在論文發表後，提出寶貴的意見，以供我參考，避免孤陋寡聞。我也相信今天的講評人黃盛雄老師，一定會提出他自己的見解，以補充我疏忽不足的地方，英雄所見各有不同，這是這篇文章，提出來以就教各位同仁的地方，而學生也會因此有很大的收穫。

我寫這篇文章，提出古典文學的三大特質，以說明古典文學與現代文學、世界文學沒有軒輊。現代文學、世界文學有的，古典文

學有（音樂性和繪畫性），而現代文學、世界文學沒有的，古典文學有（就是古典文學強調的尚善的精神，注重高尚的品格，比方蘇東坡人格高操，他的〈醉翁亭記〉最後以歌結束。王世貞評：讀此歌可見蘇公心腸盡是朱玉錦綉，說明他的人格高尚）。

詳細的內容，文章中有，我就不再贅述，只簡要的提出說明。底下我要談古典文學的三大特質：

第一就是古典文學充滿音樂性，我文章裡舉了很多例子，並且說明讀古典文學無論詩、詞、曲、散文都要朗誦，只有吟誦，才能將古典文學的音樂性，充分地表現出來。

第二特色就是古典文學具有繪畫性，顏色字的運用，虛實的生動描繪，卻給讀者勾勒出一幅幅生動的畫面與美感。

第三點特性就是古典文學的抒情性，這個抒情的世界是尚善、樂觀、祥和、含蓄的，這一點是我和北京大學袁行霈先生見解相同的地方，所以我把它拿出來講。而和平中正（禮記樂記形容音樂用的）、溫柔敦厚（詩大序形容詩教的）八字正足以說明古典文學的精義。

以上是我的報告，謝謝各位老師和同學，謝謝！

附錄　璀璨的台灣文化

一、序言：

　　台灣是個美麗的島嶼，有它共同的語言和璀璨的文化。如何認識台灣、愛惜台灣，是每個台灣人（指住在台灣這塊土地上的人）的光榮和責任。我們以文化人類學的角度來看台灣人的價值、為台灣人定位。璀璨的台灣文化——從文化的角度來看、從學術的論點來談。希望由此可以讓台灣人有自尊、有自信，創造美好的未來。這是筆者寫這篇文章的動機，藉此也為台灣人獻上棉薄之力。

二、本文：

　　台灣文化多彩而繽紛。由於歷史的因素，台灣文化除開傳統的中華文化（這裡我不用中國文化，因為在台灣，傳承的中華文化是純粹且接續五千年來的中國傳統文化的文化。有別於現今的中國大陸文化，曾經接受毛澤東、馬克思、列寧的思想，中國大陸文化具有階級意識、批判性，是唯物論的。雖然，近年來已開放、自由許多。台灣的中華文化是唯心的，我還記得，曾經問過我的老師做過二十多年台大中文系主任的臺靜農先生，如何研究中華文化，他告訴我：「直覺。」二字。所以，兩岸的文化雖然已經逐步在交流中、

學者的治學方法無論中國大陸或台灣，每位是有別的。）之外，還融合了日本文化、原住民文化、本土文化和外來文化。由於本土文化現在正是主流，大家耳熟能詳，我們姑且不論。僅以中華文化、日本文化、原住民文化、外來文化，依次來討論、研究、和了解。

1. 中華文化：

台灣由於歷史的因素，傳承一脈優秀的中華文化。這些人才和貢獻，我們在此不論述，我們要研究和了解的是除此之外的台灣文化，跟中華文化脫離不了關係，而且更加古樸，底下我們就由語言和宗教信仰兩方面來討論。

甲、語言方面：

台灣話保存許多古漢語，根據研究台灣文化的專家學者洪敏麟先生的研究和搜集，以古文、古語、古詞、古詩來印證台灣話，其中有關連的字詞，多得不勝枚舉。讀者可以請教洪先生，本文不敢掠美。（台文系如果有興趣，可以請洪先生，就這方面來校演講。）此外，由最近（2005年）的消息，廈門大學已經將閩南語，以古漢字搭配一套，整理好並成書出版了。（這本書，師大台灣文學研究所所長姚榮松有，讀者也可以與他聯絡，一睹廈門大學的貢獻成果。）我們只舉現在國語已經消失的入聲字來看，依此讀者可以舉一反三。比方：國語在古音為入聲，在台語依然保存，如：竹、國、屋、哲學等。（這是因為現行的國語為滿清官話，滿人生理結構發不出鼻音，入聲字多為鼻音的關係。）所以，我們說台灣話保存許多古樸

的中華文化是很雅正的。

乙、宗教信仰方面：

台灣人的宗教信仰，傳承和深受中華文化的影響，是很深刻的，比方：媽祖的信仰、佛教的信仰。再根據《台灣地區神明的由來》一書的分類，除去台灣地方神之外，像天神、釋家的神、道家的神、古聖先賢、祭祀的神明很多和中華文化有關。

由此看來，台灣文化保存純正的中華文化，而這個文化是非常古樸可愛的，台灣文化與中華文化分割不開。

2. 日本文化：

台灣受日本統治五十年，其間的恩恩怨怨我們在此不論述。我們要研究的是日本人給台灣的有形影響。以下我們由語言、飲食、住、歌謠四方面來探討。

甲、語言方面：

台灣話容納日本話而且普遍在民間使用，比方：榻榻米、烏龍、米素、壽司、昆布等，表現台灣人沒有排它性的基本精神。

乙、飲食方面：

在吃的方面，有本來台灣人不吃的，因為日本人的影響，台灣人在日常生活中也常食用，像納豆、牛蒡、烏泥等，由此可以看出，在飲食習慣上受日本的影響。在今天，台灣是多元化的社會，日本食物、日本料理，充斥市面，比方：像日本日常生活中的飲食店──

——輪轉壽司,現在在台北、台中也出現,這是大家都看到、知道的。

丙、住的方面:

台灣人在最近幾年,在住的方面,有些人喜歡和室的隔間,接受日本文化的心態,由此可知。

丁、歌謠方面:

台灣歌曲接受日本的影響,是很普遍的,不論歌唱者、或創作者,大量演唱和翻譯日本歌曲。

由以上幾方面,我們可以知道在戰後,日本文化是普遍受台灣人喜愛的。尤其,日本料理的風行、年輕人的哈日風,都可見一斑。

3. 原住民文化:

台灣的原住民為數不多,大都住在山區和蘭嶼,平地有平埔族。雖然是屬於台灣的少數民族,但是,也有它獨特的文化。日本學者宮本延人著作《台灣的原住民》一書,略述台灣各原住民族及源流和生活文化,內容詳瞻,讀者可以參考。我們這裡只舉幾個大家耳熟能詳的例子,供大家參考。像各族的豐年祭,排灣族的木雕藝術,蘭嶼雅美族製作雕刻的獨木舟,原住民的舞蹈和音樂,原住民的傳統衣飾,都是很動人而美侖美奐的,表現原住民文化的特性。今天,原住民文化已普遍受重視,有獨立的原住民電視台。

4. 外來文化:

我們不談荷蘭、西班牙入侵佔領的事，只談現在社會上所存在的現象。台灣社會充斥著外來文化的影響，表現台灣人不具有排它性的基本精神。我們舉幾個顯而亦見的例子來看，像接受美國文化的影響，各城市鄉鎮麥當勞林立；接受香港文化的影響，飲茶文化的普及；還有傳教士對台灣文化的貢獻也很大，他們建教堂、辦教育、設立醫院，對台灣文化的影響，可以說無遠弗屆。近年來更有外勞的輸入，像菲律賓、印尼、泰國、越南都可以來台灣居住、賺錢，對台灣社會和家庭的影響，不可說不大。

　　我們縱觀以上的探討，可以了解台灣人是很親切熱情的。對他人不歧視，兼容並蓄，才能造就台灣璀璨的多元文化。

三、結語

1. 國語：

　　台灣現行的國語是現代漢語，由於台灣是個多元化的社會，如果沒有統一的語言和文字，人人各說各話，社會就會很分岐、很混亂，莫衷一是。國語在台灣社會，是非常通行的語言，我們沒有必要因噎廢食，所以人人會國語，讓台語、客家話、原住民語，在社會各階層流行，使我們的社會能和平、安定、更蓬勃發展。而現行的漢字，是繁體字，有別於中國大陸。以現代漢語國語、漢字為台灣通行的國語國字，就不必再造字，使台灣社會安定、不分岐、不紛亂，能安定發展。是筆者的看法觀點，提供給大家參考。

2. 互相尊重：

　　台灣社會要人人能共榮共存，必須人人互相尊重。慈悲心的培養，能消除歧見。彼此互相尊重，社會才能和諧。社會和諧安定，國家才有發展，才有前景。人人才能享有美好的生活。所以，住在台灣這塊土地上的人，要培養尊重他人的良好心態，締造社會美好的遠景。

3. 提高文化素質：

　　文化繽紛多彩只是表面現象，要提高住在台灣這塊土地上的人的文化素質，必須根植於中華文化的培養。中華文化寬廣包容，史有明證，如：唐代的接受西域胡人的文化、漢人的接受蒙古人（元）、滿州人（清）的統治並使他們漢化（蒙古人統治漢人，但不接受漢化），都表現中華文化的泱泱大度，中華文化的精義在「和平中正、溫柔敦厚。」，以學習中華文化來提高人人的文化素養，化戾氣為祥和，替台灣社會締造和諧的氛圍。

4. 台灣人的自我省思：

　　住在台灣這塊土地上的人，想要享有美好、和諧的社會。必須人人團結、兼容並蓄、積極、樂觀、進取、不偏狹、努力。尤其要具有包容心、慈愛心、尊重他人的心。

本土文化在台灣,已經普遍受到政府與大家的重視,有關著作,文建會已經出版很多。筆者只是略述其中一、二,供青年人思考。本文主要在說明筆者並不主張台獨,也反對統一。說到這裡,我特別要聲明,本文不是在談政治,是以文化、學術的立場,提出我們要正視我們本土文化(大家都說是台灣文化)的真正傳統,歷史可以證明,中華文化是我們的文化的真正傳統。這一點,我們一定要清楚。接續古代的中華文化,才是台灣文化的傳統,台灣文化的根源,是我們生活在台灣這塊土地上的人的驕傲,能如此,才能立足世界、放眼台灣,走出來。我們是泱泱大國的中華民族的子孫,這是學習古典文學的中文系同學和台文系同學要了解的。

　　另外,我年初 2 月 11 日,去台北國父紀念館看了一齣由鄭州歌舞團演出的舞台劇——風中少林,此劇表現了東方文化、西方文化、日本文化的美感,而且具有創意。傳統的中國戲劇是大團圓,此劇卻是男主角出家成為聖僧,女主角反抗惡勢力而身亡。表示中國大陸已由舊傳統走出來,這是值得我們學習中華文化者所要省思的。

　　此外,我在 2006 年 2 月 22 日的日本放送台 NHK,看到一個他們的電視節目－古代的國際文化交流的節目,播放一位韓裔日人女老師,從事韓國的古代的音樂、舞蹈、鼓的演奏,教授大學生與高中生從事練習與表演活動,增進日韓文化交流。另外,又播放一位日本年輕人從事日本古代「太鼓」的訓練和演出。這些都值得我們研究、學習和省思。

國家圖書館出版品預行編目資料

文學與美學的交會——戴麗珠教授論文集／戴麗珠著. -- 初版. -- 臺北縣永和市：Airiti Press, 2010.11
面； 公分
ISBN 978-986-6286-27-8(平裝)

1. 中國文學 2. 書畫 3. 美學 4. 文集

820.7　　　　　　　　　　　　99022981

文學與美學的交會——戴麗珠教授論文集

作　　者／戴麗珠	出版者／Airiti Press Inc.
總 編 輯／張　芸	臺北縣永和市成功路一段 80 號 18 樓
責任編輯／古曉凌	電話／(02)2926-6006　傳真／(02)2231-7711
封面設計／吳雅瑜	服務信箱／press@airiti.com
執行編輯／鄭家文	帳戶／華藝數位股份有限公司
郭玟杏	銀行／國泰世華銀行　中和分行
	帳號／045039022102
	法律顧問／立暘法律事務所　歐宇倫律師
	ＩＳＢＮ／978-986-6286-27-8
	出版日期／2010 年 11 月初版
	定　　價／NT$ 300 元

版權所有・翻印必究　　Printed in Taiwan